흘림 떨림 울림

나남
nanam

이영광

1965년 경북 의성에서 태어나 안동에서 자랐다. 고려대 영문과와
같은 대학 대학원 국문과를 졸업했다. 1998년 〈문예중앙〉으로 등
단했으며, 시집으로 《직선 위에서 떨다》, 《그늘과 사귀다》, 《아픈 천
국》을, 연구서로 《미당 시의 무속적 연구》, 《시름과 경이》를 냈다. 노
작문학상, 지훈문학상, 미당문학상을 받았다.

이영광의 〈시가 있는 아침〉
흘림 떨림 울림

2013년 1월 30일 발행
2013년 1월 30일 1쇄

지은이 • 이영광
발행자 • 趙相浩
발행처 • (주)나남
주소 • 413-756 경기도 파주시
        회동길 193번지
전화 • 031)955-4601(代)
팩스 • 031)955-4555
등록 • 제1-71호(1979.5.12)
홈페이지 • www.nanam.net
전자우편 • post@nanam.net

ISBN 978-89-300-1083-2
ISBN 978-89-300-1069-5(세트)
책값은 뒤표지에 있습니다.

이영광의 〈시가 있는 아침〉

홀림 떨림 울림

나남
nanam

요즘 우리나라에는 좋은 시인들의 좋은 시가 유난히 많이 나온다고 한다. 신문에 시를 소개하려고 시집들을 모아 읽으면서 어렴풋이 그걸 느낄 수 있었다. 왜 그런지는 잘 모르겠다. 큰 난리도 없고 배고픔도 덜한 이 시절이 외려 더 살기 어려운 시절인 탓은 아닌가 싶기는 하다. 시는 원래 살기 막막한 사람의 말이기도 하니까.

좋은 시는 우선, 그저 좋다. 왜 좋은가는 그 다음이다. 좋은 시는 먼저 읽는 이에게서 생각이란 걸 빼앗아갔다가는, 천천히 되돌려주는 것 같다. 잃었던 정신을 차리고 느낌과 뜻을 골똘히 되짚어 수습하도록 만드는, 그 찌릿찌릿한 수용 과정을 '홀림-떨림-울림'으로 요약할 수 있지 않을까 생각해보았다.

좋은 시가 많다고 했으나 마음껏 거두어 담지를 못했다. 어떤 것은 좋아서 겨우 좋다고 말해볼 수 있었지만, 어떤 것은 참 좋은데도 어째서 그러한지 잘 말할 수가 없어 내려놓고 말았다. 그래서 즐거운 비명과 괴로운 신음이 이 책의 겉살과 속살을 이루고 있다는 변명을, 꼭 드리고 싶다.

〈중앙일보〉는 지면을 빌려주었고, 주변의 몇몇 분들은 몰랐던 작품들을 추천해주었다. 책은, 처음으로 〈나남〉에서 낸다. 두루 감사드린다. 이 토막생각들의 숙주가 돼준 예순일곱 편의 시와 예순여섯 분의 시인들에게도 감사와 존경을 드린다.

2012년 세밑
이 영 광

홀림
떨림
울림

떨림

울림

홀림

물통

희미한
풍금 소리가
툭 툭 끊어지고
있었다

그동안 무엇을 하였느냐는 물음에 대해

다름아닌 인간을 찾아다니며 물 몇 통 길어다준 일
밖에 없다고

머나먼 광야의 한복판 얕은
하늘 밑으로
영롱한 날빛으로
하여금 따우에선

김종삼(1921~1984)
1954년 〈현대예술〉에 〈돌각담〉을 발표하며 문단에 나왔다.
시집 《십이음계(十二音階)》, 《시인학교》, 《북치는 소년》,
《누군가 나에게 물었다》 등이 있다.

스무 살 무렵, 학교 앞 카페의 벽에 걸려 시인이 되고
싶던 나를 내려다보던 〈물통〉. 그것이 삶이든 시 쓰기든
인간에게 물 몇 통 길어다준 게 전부였다는, 이상하게
사무치는 고백으로 여러 청춘들에게 문학병을 선사했
던 시다.

하지만 날이 갈수록 가슴에 와 맺히는 건 그 겸허함
보다 물 몇 통 길어다 바치는 일의 어려움이다.

아마 저 "물통"은, 여백이 더 많던 시인의 작품들처
럼 비어 있기 일쑤였으리라. 이분은 나중엔 역력히 술
을 억누르질 못했는데, 그 또한 이것과 관련돼 있겠지.
물 몇 통 얻기 위해 술병들 적잖이 쓰러뜨리는 일도 이
런 시쯤 되면 적잖이 용납되겠지.

봄

반칠환

저 요리사의 솜씨 좀 보게
누가 저걸 냉동 재론 줄 알겠나
푸릇푸릇한 저 싹도
울긋불긋한 저 꽃도
꽝꽝 언 냉장고에서 꺼낸 것이라네
아른아른 김조차 나지 않는가

반칠환(1964~)
1992년 〈동아일보〉 신춘문예로 문단에 나왔다. 시집으로
《뜰채로 죽은 별을 건지는 사랑》, 《웃음의 힘》 등이 있다.

그 요리사, 솜씨 한번 신통하다. 주방 냉장고에서 싱싱한 채소들을 꺼내듯 얼어붙은 겨울 풀과 나무들에서 꽃과 싹을 찾아내다니.

그런데 이 시엔 시인이 숨겨 둔 조그만 트릭 하나가 들어 있지. 냉장고에 든 식재료들은 신선하지만 죽은 것. 하지만 자연의 냉동실엔 마르고 얼어도 죽은 건 원래 아무것도 없다. 산 것을 죽은 것으로 바꿔쳐 놓고도 입 다무는 능청이라니. 그래서 만상의 배후에 선 자연신의 솜씨가, 산 것을 그저 또 불러내는 게 아니라 죽은 것을 되살려내는 부활이 되어 있음을 보고, 우리는 문득 놀란다.

시인의 솜씨도 신통하기만 하네. 하지만 그가 아무리 솜씨를 뽐내어도 요즘 봄은 봄방학만큼이나 짧기만 하다네.

서풍西風 앞에서

황지우

마른가지로 자기 몸과 마음에 바람을 들이는 저 은
사시나무는, 박해받는 순교자 같다. 그러나 다시 보면
저 은사시나무는, 박해받고 싶어하는 순교자 같다.

황지우(1952~)
1980년 〈중앙일보〉 신춘문예에 〈연혁〉(沿革)이 입선하고,
같은 해 〈문학과지성〉에 〈대답 없는 날들을 위하여〉를
발표하며 등단했다. 시집으로 《새들도 세상을 뜨는구나》,
《게 눈 속의 연꽃》, 《어느날 나는 흐린 주점에 앉아 있을
거다》 등이 있다.

두 번의 직유로 간신히 몇 발짝 이어간 단 두 문장. 하지만 이 짧은 중얼거림은 제 실존적 결단의 힘으로, 정확히 말하자면 두려움을 두려움으로 누름으로써 피로 얼룩져 거덜 난 시대를 구출하여 역사의 반열에 받들어 올린다.

오월 광주의 비극을 알리려다 고초를 겪은 시인의 이력을 참조하지 않더라도, "박해받는"에서 "박해받고 싶어하는"에 이르는 인식의 질적 전환에는 읽는 이를 무장해제시키는 전율이 들어 있다. 고난받고 싶다는 뜨거운 자발성에 닿기까지 그는 얼마나 피를 말렸을 것인가.

불가능한 것은 이렇게 어떤 영혼에게는 불가피한 것이 된다. 순결한 것들은 다 아름답게 미친 것들이다. 이들은 말할 수 없는 것을 말하고 할 수 없는 것을 하고 만다.

병들어보지 않으면

코우노 스스무

병들어보지 않으면 바칠 수 없는 기도가 있다
병들어보지 않으면 믿을 수 없는 기적이 있다
병들어보지 않으면 들을 수 없는 말이 있다
병들어보지 않으면 가까이할 수 없는 성전이 있다
병들어보지 않으면 우러러볼 수 없는 얼굴이 있다

아- 병들어보지 않았으면
나는 인간이기조차 어려웠을 것이다

코우노 스스무(1904~1990)
일본의 목회자 시인. 만주교육전문학교와 고베중앙신학교에서 배운 후,
다마시마교회에서 목사가 되었다. 그때 가가와 도요히코(賀川豊彦: 목사,
사회운동가)에게서 오카야마 한센병요양소에서의 위문 및 전도를 권유받아
이후 50여 년 동안 그 일에 종사했다.

목회자 시인의 시답게 병 체험이 곧 신비 체험임을 숨기지 않고 있지만, 인간은 태어난 그대로가 아니라 '되는' 것이라는 전언은 뭉클한 데가 있다.

'되는 것'이 곧 '태어나는 것'이기도 할 것이다. 기도와 기적과 말씀으로 이어지는 고백은 겸허하고 확신에 찬 소생의 변이니까. 그는 병원에서 나아 병원에서 일하게 된 것 같다. 사제는 제 병을 이기고 다른 이의 병을 돌보는 사람이다. 그러므로 병이야말로 능력이다. 그는 평생 나환자들에게 헌신했다고 한다.

이 시의 전언에 동의하는 나는 모든 인간이 결국 '인간'이 될 수 있다고 생각한다. 이곳에 온 지도 오십 년이 되어 가는데, 나는 아직 아프지 않은 사람을 본 적이 없다.

빨간 우체통 앞에서

새를 띄우려고 우체통까지 가서는 그냥 왔다
오후 3시 정각이 분명했지만 그냥 왔다
우체통은 빨갛게 달아올랐지만 그냥 왔다
난 혓바닥을 넓게 해 우표를 붙였지만 그냥 왔다
논병아리로라도 부화할 것 같았지만 그냥 왔다
주소도 우편번호도 몇 번을 확인했다 그냥 왔다
그대여 나의 그대여 그 자리에서 발길을 돌려서 왔다
우체통은 빨갛게 달아올랐다
알 껍질을 톡톡 쪼는 소리가 들려왔지만 그냥 왔다
그대여 나의 새여 하늘은 그리도 푸르렀건만 그냥 왔다
새를 조각조각 찢어버리려다가
새를 품에 꼬옥 보듬어 안고 그냥 왔다.

신현정(1948~2009)
1974년 〈월간문학〉에 시 〈그믐밤의 수〉를 발표하며 등단했다. 《대립》을 첫 시집으로, 《염소와 풀밭》, 《자전거 도둑》, 《바보사막》을 출간했다. 유고시집으로 《화창한 날》, 《난쟁이와 저녁 식사를》이 있다.

전자메일로는 전할 수 없는 마음이 있다. 갓 낳은 달걀을 두 손에 보듬듯 편지를 품고 우체국으로 가서 시계 보고, 침 발라 봉투 붙이고, 몇 번씩 주소를 확인하고 나서야 두근두근 빨간 우체통에 넣을 수 있는 마음이 있다.

그런데 그러한 정성으로도 부칠 수 없는 편지가 있었구나. 하늘이 한없이 푸르러도 날려 보낼 수 없는 새가 있구나. 사랑은 때로 아무것도 하지 못한다. 자기를 발설하지조차 못한다.

태양 중독자

이은림

　태양을 섬기는 중이다 장엄한 빛들을 쏘아대며 돌고
도는 저것에게 환장하는 중이다 한 번도 나를 향한 적
없는 태양에게
　사육당하는 중이다 감염되는 중이다 엉겨 붙는 중이
다 한 번도 나를 호명한 적 없는 태양에게
　부글부글 대드는 중이다 막무가내 달려드는 중이다
내 시야의 전부이지만 단 한 번도 응시한 적 없는 태양
에게, 저, 붉은 것에게

　그러니, 이제는 말하자 왜 아직 나는 증발하지 못했
는가 왜 아직 고여서 출렁이는가 갈증은 왜 내게 고통
이 아닌가
　데인 상처는 너무 쉽게 흉터가 된다 태양은 악착같
이 이글거리고, 너는 또다시 증발되는 중이지만

이은림(1973~)
1997년 〈영남일보〉 신춘문예, 2001년 〈작가세계〉로 등단했
다. 시집으로 《태양 중독자》가 있다.

시의 인물은 반딧불처럼 작고 약한데도 포기를 모른
다. 섬김과 감염과 대듦이 뒤엉킨 저 은은한 착란상태
를 삶이라 부를 수 있을 것 같다.

인간은 때로 제 운명의 시간을 알고 싶어 미친다. 사
랑 없는 사랑 앞에 조아리고 앉아 어서 목을 쳐주길 기
다리는 사랑이 되어. 한 말씀만 기다리는 기도가 되어.
무언가에 미친다는 건 그것을 사랑한다는 것, 이를 해
아래 영문 모르고 던져진 모든 반딧불이들이 지녀야
할 제정신이라 하면 안 될까.

그러니, 중독자로서 말하자. 내가 "나"인지 "너"인지
도 분간이 안 되는 이 시간은 고통이 아니라고. 괴롭고
행복한 열광이라고. 태양 홀릭은 태양 경배라고.

그가 내 얼굴을 만지네

송재학

그가 내 얼굴을 만지네

홑치마 같은 풋잠에 기대었는데

치자향이 수로水路를 따라왔네

그는 돌아올 수 있는 사람이 아니지만

무덤가 술패랭이 분홍색처럼

저녁의 입구를 휘파람으로 막아주네

결코 눈뜨지 말라

지금 한쪽마저 봉인되어 밝음과 어둠이 뒤섞이는 이 숲은

나비 떼 가득한 옛날이 틀림없으니

나비 날개의 무늬 따라간다네

햇빛이 세운 기둥의 숫자만큼 미리 등불이 걸리네

눈 뜨면 여느 나비와 다름없이

그는 소리 내지 않고도 운다네

그가 내 얼굴 만질 때

나는 새순과 닮아서 그에게 발돋움하네

때로 뾰루지처럼 때로 갯버들처럼

송재학(1955~)

1982년 계간 〈세계의 문학〉에 〈어두운 날짜를 스쳐서〉를 발
표하며 등단했다. 시집으로 《얼음시집》, 《푸른빛과 싸우다》,
《그가 내 얼굴을 만지네》, 《기억들》, 《진흙 얼굴》 등이 있다.

몸 없는 그가 얼굴을 만지네. 그는 계곡물에 치자향을
묻히며 잠결로 왔네. 내가 간절히 정신 놓으면, 그는 불
현듯 돌아올 수 있는 사람이네. 그의 휘파람이 이승 쪽
출구를 포근히 잠그면, 낮도 밤도 아니며 꿈도 생시도
아닌 곳에서, 죽은 그와 몸 섞는 나는 결코 눈 뜨고 싶
지 않으리. 죽은 이를 여전히 사랑하는 죄로 눈 뜰 힘
조차 없으리.

　햇빛이 여기저기 기둥을 세웠다간 흩어지듯 나는 소
리 내지 않고도 울 수 있겠네. 나비 날개를 달고, 그 숨
결에 이 숨결을 포개어 반드시 소리 죽여 울어야 하네.

　그가 내 얼굴 만질 때, 때로 젖먹이처럼 때로 강아지
처럼 나는 자꾸 돋아나 그의 품에 안길 수 있다네. 아
무렴, 자꾸만 발돋움해서 그의 허공을 살처럼 만져볼
수도 있다네.

춘일 春日

오탁번

풀귀얄로
풀물 바른 듯
안개 낀 봄산

오요요 부르면
깡종깡종 뛰는
쌀강아지

산마루 안개를
홑이불 시치듯 호는
왕겨빛 햇귀

오탁번(1943~)
1967년 〈중앙일보〉 신춘문예에 시 〈순은(純銀)이 빛나는 이
아침에〉가, 1969년에는 〈대한일보〉 신춘문예에 소설 〈처형
(處刑)의 땅〉이 당선되었다. 시집으로는 《너무 많은 가운데
하나》, 《생각나지 않는 꿈》, 《겨울강》, 《1미터의 사랑》 등이
있다.

해 뜰 무렵의 산골 풍경이 옅은 색실로 한 땀 한 땀 수놓아둔 듯하다. 안개를 형용한 풀물의 있는 듯 없는 듯한 빛깔과 보드라운 질감의 뒤태가 수상하다. 안개 장막을 대중없이 뚫고 분사하는 아침볕의 양태를 '호다' 이외의 말로 달리 그려낼 수 있을까.

특별한 말을 골라 쓴다기보다는 말을 특별하게 쓰는 것이 시이다. 어떤 말은 제자리에 놓인 것만으로도 주위를 빛나게 한다. "호는"은 이 말을 빼버리면 시 전체가 풀이 죽게 되는 '시의 눈'에 값한다. '꿰매는'으로는 곤란한 것이다.

이 아침엔 저 오래된 "왕겨빛" 그리움 속으로 걸어 들어가 뽀얀 쌀강아지와 놀고 싶다. 산골 출신이라서, 아니 산골 출신이 아니더라도….

이미지

이윤학

삽날에 목이 찍히자
뱀은
떨어진 머리통을
금방 버린다

피가 떨어지는 호스가
방향도 없이 내둘러진다
고통을 잠글 수도꼭지는
어디에도 보이지 않는다

뱀은
쏜살같이
어딘가로 떠난다

가야 한다
가야 한다

잊으러 가야 한다

이윤학(1965~)
1990년 〈한국일보〉 신춘문예로 등단했다. 시집으로 《먼지의 집》, 《붉은 열매를 가진 적이 있다》, 《아픈 곳에 자꾸 손이 간다》, 《그림자를 마신다》 등이 있다.

목 잘린 뱀의 발버둥에 비유된 인간의 고통은 어떤 것일까. 무심코 놓쳐버린 호스처럼 길길이 날뛰는 통증을 틀어막을 뚜껑이 없다. 저 몸엔 어찌하여 손도 발도 없는 걸까. 잊지 못하면 살지도 못하는데, 살려주세요, 하고 빌어볼 입도 조아릴 머리도 없다.

　무엇이 이 살풍경을 없는 입으로 말하게 하는 걸까. 대체 저 몸으로 얼마나 갈 수 있을까. 시가 원래 지독한 건지 시인이 독한 건지 알 수 없지만, 어떤 시인들은 정말로 제 손으로 제 몸을 찌른다.

　나는 나의 크고 작은 비참을 잊고 홀린 듯 이 참상을 바라본다. 고통의 약은 더 큰 고통, 망각이야말로 위로인가.

어느 해거름

진이정

멍한,

저녁 무렵
문득
나는 여섯 살의 저녁이다

어눌한
해거름이다

정작,

여섯 살 적에도
이토록
여섯 살이진 않았다

진이정(1959~1993)
1987년 〈실천문학〉을 통해 등단했다. 유고시집으로 《거꾸로
선 꿈을 위하여》, 《나는 계집 호리는 주문을 연마하며 보냈
다》가 있다.

여섯 살엔 무얼 했을까. 일할 힘도 공부할 힘도 없어
놀았을 것이다. 노는 것처럼 놀았을 것이다. 여섯 살은
텅 빈 나이, 말은 배웠으나 글은 모르는 나이. 수다스럽
지만 어눌하고 그래서 문득 멍하니, 세상모르는 표정
을 지었을 것이다. 앞날을 알지 못한 채 제 운명 속을
걸어가는 어린 오이디푸스처럼.

이제 다 자란 그가 어느 해거름에 그렇게 넋을 놓고
서 있다. 말을 못해서가 아니라 다른 말을 하게 되었으
므로. 아는 게 없어서가 아니라 다른 걸 알게 되었으므
로. 규범과 제도의 성형을 받기 전으로 외로운 짐승처
럼 퇴행한 그가 정작 여섯 살보다도 더 여섯 살 같은
것은 어쩌면 당연해 보인다. 어른은 아이보다 늘 더 외
롭다.

우리가 서른을 마흔을 쉰을 잊을 때 불쑥 찾아드는

여섯 살. 가족을 직장을 주식시세를 까맣게 잊고 석양의 퇴근길에 섰을 때 밀려드는 여섯 살. 그것은 한순간 모든 것을 지워버릴 수 있다. 이토록 격렬한 여섯 살.

프란츠 카프카

오규원

-MENU-

샤를르 보들레르	800원
칼 샌드버그	800원
프란츠 카프카	800원
이브 본느프와	1000원
에리카 종	1000원
가스통 바슐라르	1200원
이하브 핫산	1200원
제레미 리프킨	1200원
위르겐 하버마스	1200원

시를 **공부**하겠다는
미친 제자와 앉아
커피를 마신다

제일 값싼

프란츠 카프카

오규원(1941~2007)
1968년 〈현대문학〉에 〈몇 개의 현상〉을 발표하며 등단했다.
시집으로 《사랑의 기교》, 《가끔은 주목받는 생이고 싶다》,
《새와 나무와 새똥 그리고 돌멩이》, 《두두》 등이 있다.

이런 메뉴판, 어디선가 본 적이 있다. 색다르게 보이고 싶었겠지. 1,200원에서 800원으로 떨어지는 두 갈래 가파른 길이 있다. 과학에서 문학으로, 그리고 이론에서 창작으로 내려가는 두 길. 급전직하라고나 할까.

거꾸로 선 메뉴판을 두고 선생과 제자가 마주앉아 있다. 이 판국에 꼭 돈 안 되는 시를 공부해야 하겠니, 하면 첫 번째 길을 따르는 해석. 넌 도대체 시 쓰는 게 '공부' 가지고 되는 건 줄 아니, 하면 두 번째 해석을 따르는 길. 분명한 지식이 숭상되고 창조의 신비가 부정되는 세태에 대한 두 겹의 풍자.

선생은 맹목의 제자에게 시에는 다른 종류의, 어떤 '밝은 맹목'이 필요하다고 말하려는 것 같다. 그런데 왜 카프카인가. 보들레르나 샌드버그나 카프카나 다 '800원짜리'니까. 카프카란 이름의 카페는 많기도 하니까. 카프카가 제일 좋으니까.

사랑 또는 두 발

이 원

내 발 속에 당신의 두 발이 감추어져 있다
벼랑처럼 감추어져 있다
달처럼 감추어져 있다
울음처럼 감추어져 있다

　　어느 날 당신이 찾아왔다
　　열매 속에서였다
　　거울 속에서였다
　　날개를 말리는 나비 속에서였다
　　공기의 몸 속에서였다
　　돌멩이 속에서였다

내 발 속에 당신의 두 발이 감추어져 있다
당신의 발자국은 내 그림자 속에 찍히고 있다
당신의 두 발이 걸을 때면
어김없이 내가 반짝인다 출렁거린다
내 온몸이 쓰라리다

이원(1968~)
1992년 〈세계의 문학〉에 〈시간과 비닐봉지〉 외 3편을 발표
하며 등단했다. 시집으로 《그들이 지구를 지배했을 때》, 《야
후!의 강물에 천 개의 달이 뜬다》, 《불가능한 종이의 역사》
등이 있다.

사랑은 어디에 있는가. 머리도 눈도 가슴도 아니고 발
속에 있다. 몸속에 있다. 그곳에서 사랑은 어쩐지 위태
롭고 환하지만 슬픈 것으로 고여 있다.

　생각해보면 사람이 사람을 두 발로 찾아오는 건 참
너무도 당연하지 않은가! 당신의 두 발은 당신의 전부
를 싣고 와서 열매와 거울과 나비, 공기와 돌멩이… 내
생의 모든 곳에 스며든다. 나는 당신에게서 숨을 곳이
없다. 발 속에 발이 있으면, 발이 하나면 정말 한몸 같은
느낌이 들 것 같다. 뿌리가 하나인 느낌이 들 것 같다.

　마음 깊은 곳을 차지한 당신이 걸을 때, 나는 반짝거
리고 출렁거리며 행복하다. 하지만 당신은 눈앞 어디
에도 없는 사람. 그러니 나는 온몸으로 아플 수밖에 없
을 것이다. 이것은 어쩌면 슬프고 아름답고 무서운 이
야기다. 당신은 몸이 없는 것 같다. 아니, 있는 것 같다.

기억할 만한 지나침

기형도

그리고 나는 우연히 그곳을 지나게 되었다
눈은 퍼부었고 거리는 캄캄했다
움직이지 못하는 건물들은 눈을 뒤집어쓰고
희고 거대한 서류뭉치로 변해갔다
무슨 관공서였는데 희미한 불빛이 새어나왔다
유리창 너머 한 사내가 보였다
그 춥고 큰 방에서 서기書記는 혼자 울고 있었다!
눈은 퍼부었고 내 뒤에는 아무도 없었다
침묵을 달아나지 못하게 하느라 나는 거의 고통스러웠다
어떻게 해야 할까, 나는 중지시킬 수 없었다
나는 그가 울음을 그칠 때까지 창밖에서 떠나지 못했다

그리고 나는 우연히 지금 그를 떠올리게 되었다
밤은 깊고 텅 빈 사무실 창밖으로 눈이 퍼붓는다
나는 그 사내를 어리석은 자라고 생각하지 않는다

기형도(1960~1989)
1985년 〈동아일보〉 신춘문예로 등단했다. 유고시집으로
《입 속의 검은 잎》 등이 있다.

그가 만약 살아 있다면 그와 세상이 어떻게 되었을까, 생각하게 만드는 사람이 있다. 기형도는 그런 사람 중 하나다. 그는 눈 내리는 밤거리에 문득 나타나, 휘청거리거나 두리번거리거나 중얼거리는 사람이었을 것이다. 그러다간 저렇게, 저 말곤 아무도 없는 울음에 사로잡히고 마는 사람이었을 것이다.

울음을 방해하지 않기 위해, 울음에 들키지 않기 위해 그는 거의 숨도 쉬지 않는 것 같다. 중지시킬 수 없는 울음은 고통스럽다. 그리고 시간이 흘러, 그는 문득 그 무서웠던 울음에 다시 사로잡히기 시작한다…. 그는 거의 울음을 터뜨리기 직전이다. 누군가 또 우연히 그의 창밖을 지나다 멈춰주고 있을까.

제 속에 철저히 혼자 버려진 사람은 세상 지혜의 부질없음을 안다. 울음밖에 없는 사람은 어리석지 않다.

호구糊口

조바심이 입술에 침을 바른다
입을 봉해서, 입술 채로, 그대에게 배달하고 싶다는 거다
목 아래가 다 추신이라는 거다

권혁웅(1967~)
1996년 〈중앙일보〉 신춘문예 평론 부문에, 1997년 〈문예중
앙〉 신인문학상 시 부문에 각각 당선되어 등단했다. 시집으
로 《황금나무 아래서》, 《마징가 계보학》, 《그 얼굴에 입술을
대다》, 《소문들》이 있다.

"호구糊口"는 아무래도 전서의 비유겠지요. 봉투에 침을 발라 그대에게 보내는 편지. 호구는 또 입맞춤이기도 합니다. 통째 봉해 보내는 입술은 그리움 전부를 간절하게 대표한다는 점에서 사랑의 전령이겠지요.

호구는 원래 간신히 먹고 산다는 뜻이니, 이 시는 결국 사랑의 가난을 말하고 있습니다. 홀몸으로만 불탈 때 사랑은 조바심치다 목숨을 잇기 어려운 극빈에 떨어지지요. 그러니 마음은 마음에게 전해져야 할 것 같습니다.

그런데 "목 아래"는 정말 추신에 불과할까요. 그렇지 않습니다. 목매단 사람의 버둥대는 사지처럼 이 절박한 사랑의 몸체는 입술에 특명을 준 채 물러나 있거나 가라앉아 있을 뿐입니다. 몸 전체가 아니라 입으로 밥을 먹어야 하는 이치지요. 추신은 그러니까, 연서의 본문이자 입술의 배후조종자이며 사랑의 무의식이라 해야겠군요. 무의식은 원래 추신을 닮았습니다. 짧은 석 줄, 결코 짧지 않군요.

눈 내리는 밤
숲가에 멈춰 서서

로버트 프로스트

이게 누구의 숲인지 나는 알 것도 같다.
하기야 그의 집은 마을에 있지만―
눈 덮인 그의 숲을 보느라고
내가 여기 멈춰 서 있는 걸 그는 모를 것이다.

내 조랑말은 농가 하나 안 보이는 곳에
일 년 중 가장 어두운 밤
숲과 얼어붙은 호수 사이에
이렇게 멈춰 서 있는 걸 이상히 여길 것이다.

무슨 착오라도 일으킨 게 아니냐는 듯
말은 목방울을 흔들어 본다.
방울 소리 외에는 솔솔 부는 바람과
솜처럼 부드럽게 눈 내리는 소리뿐.

숲은 어둡고 깊고 아름답다.

그러나 나는 지켜야 할 약속이 있다.

잠자기 전에 몇십 리를 더 가야 한다.

잠자기 전에 몇십 리를 더 가야 한다

로버트 프로스트(1874~1963)
미국의 국민적 시인이다. 농장 생활을 바탕으로 소박한 농
민적 삶과 자연을 노래했다. 한국에서는 〈가지 않은 길〉
(The Road Not Taken)이 널리 사랑받고 있다.

단순치 않은 사연이 나와 그 사이에, 두 사람의 애틋한 추억이 저 숲에 깃들어 있는 것 같다. 그래서 조랑말조차 이상해할 만큼, 읽는 눈이 의아해할 만큼 이 인물은 엉뚱한 곳에 못 박힌 듯 서 있는 것 같다.

사노라면 정말 이런 장소, 이런 때와 만나게 된다. 다시없을 추억의 순간에 발을 들여놓았을 때 삶은 문득 애잔하고 가슴 저리는 것이 된다. 그 순간이 인생의 전부인 것처럼. 하지만 우리 모두와 마찬가지로, 추억이 덧없어서가 아니라 빵과 꿈으로 바뀌지 않는 것이기에, 바뀌어선 안 될 것이기에 이 인물도 발걸음을 옮기려는 것이리라.

"몇십 리"를 남은 인생행로라, "잠"을 죽음의 안식이라 배우던 기억이 난다. 그렇게까지 거창한 시인 것일까. 아름다움의 순간에 마냥 머물고 싶지만 고단한 일상으로 돌아가야 하는 데서 오는 아쉬움을 짚어보는 걸로도 심금은 운다. 우리를 살게 하는 건 어쩌면 온갖 내일이 아니라 몇몇 옛날인지도 모른다.

제발 이 손 좀 놔주세요

호박죽 포장을 들고 있었다
오토바이가 쓰러졌고 한참을 미끄러져 나갔다
쿵 소리가 먼저였던가

계산하던 아줌마가 영수증을 건네주다 놀라서
내 손을 덥석 잡았다 아이고 어떡해 어떡하지 어떡하나
헬멧을 벗은 사람은 초로의 남자였다
오토바이 밑에 깔린 다리를 빼지 못했다

설탕 트럭을 피하려다 속도를 줄이지 못한 걸까
트럭 운전수가 오토바이를 들어올렸다
사람들이 휴대폰을 꺼내들었다
경찰서인지 병원인지 모를 곳으로 손가락을 놀렸다

호박죽은 식어 가는데
죽집 아줌마가 내 손을 놓지 않았다
나는 서둘러 가야 하는데
혈압이 오르락내리락 엄마한테 가야 하는데

얼마나 다쳤는지 보험은 들어놨는지
걱정은 누구의 몫일까
영원히 일어서지 못하면 어떡해
설탕 트럭이 걱정을 우수수 쏟아냈다

아줌마 제발 이 손 좀 놔주세요, 말하지 못했다
죽은 식어 가는데 엄마가 오르락내리락 기다리는데
남자의 죽은 누가 포장해갈지
빚쟁이 딸이 있으면 어떡해
달콤하지 않은 걱정들이 쏟아지고 있었다

이근화(1976~)
2004년 〈현대문학〉에 〈칸트의 동물원〉을 발표하며 등단
했다. 시집으로 《칸트의 동물원》, 《우리들의 진화》, 《차가
운 잠》이 있다.

사고와 재난은 우연을 가장하고 오지만, 거듭되는 우
연에는 주검에서 혼이 나오듯 어두운 필연의 그림자가
생겨난다. 세계의 갑작스런 균열 앞에서 사고는 사건이
되고 두려움과 걱정은 팔자소관이 아니라 현실이 된다.

충돌음과 거짓말처럼 쓰러지는 오토바이가 죽집 계
산대 앞의 시간을 잡아당겨 주욱 늘여놓는다. 이 슬로
비디오 속에서 정지된 듯 움직이는 현장풍경과 안타깝
게 떠오른 말들은 판단과 행동에 이르지 못하고 툭툭
끊어져 미끄러진다. 그러니 이 순간에 수습이란 없다.
위독한 엄마, 다친 사람, 빚쟁이인 자신에 관련된 토막
생각들이 습격해 와 죽집의 그녀 의식을 뒤죽박죽으로
헝클어뜨린다.

이 시는 이렇게 삶이라는 지뢰밭이 베푼 충격을, 충
격에 대한 무의식의 반응을 단속적으로 찍어 보여준
다. 제발 이 손 좀 놔주세요, 하고 그녀는 말하지 못한
다. 당연하다. 그녀는 죽집 아줌마에게 두 손을 온통 내
맡기고 있지 않은가.

비보호 좌회전

김점용

교차로에서 사고가 난 후 그는
2층의 작은 오토바이 가게에 대해 말했다
오늘은 커피콩을 너무 오래 볶았더군
나는 2층에 있는 카페는 알지만
작은 오토바이 가게에 대해서는 아는 바가 없다
어디에 있는지
오토바이를 타야만 갈 수 있는 곳인지
정말 있기는 있는 것인지

며칠 뒤 작은 오토바이 가게에 대해 물었을 때 그는
간호사가 예쁘다고 킬킬거렸다
도대체 거기가 어디냐고 따져 묻자
간판이 또 바뀌었다고
3층으로 이사했다고
분명히 파란불이었다고 신경질을 냈다

교차로에서 사고가 난 건 그러고도 한참이 지나서
였지만
그 사이에 나도
4층이나 5층쯤 아니 그보다 더 높은 곳 어디엔가
작은 오토바이 가게가 있다고 믿게 되었다

김점용(1965~)
1997년 〈문학과 사회〉로 등단했다. 시집으로 《오늘 밤 잠들
곳이 마땅찮다》, 《메롱메롱 은주》가 있다.

"그"는 오토바이 가게를 두고 커피 얘기를 한다. 다른 말로 말한다. 그는 여기 없는 사람인데도 시인은 그가 여길 떠나지 않은 사람이라 생각한다. 시는 자주 가까이 다가온 먼 것의 목소리인데, 이 시인은 그 길목에 터 잡고 산다.

그는 오토바이를 타고 가다 사고를 냈던 것일까. 피 흘리며 실려가 간호사의 손을 정신없이 움켜쥐었던 걸까. 파란불이었는데… 억울한 그는 2층에서 3층으로, 4층에서 5층으로 나타났다간 사라지고 사라졌다간 또 들려온다. 건물의 높은 곳은 마음의 깊은 곳이다. 들여다봐선 안 되는 심연을 시인은 홀린 듯 들여다본다.

이 시인은 귀신이 있다는 것도 없다는 것도 잘 알지만, 무엇보다도 귀신과 더불어 살고 있는 몇 안 되는 사람 중 하나다. 나는 가끔 그와, 그의 귀신들과 밤에 술을 마신다. 흐릿한 예지몽의 교차로에서.

동물왕국 중독증

이면우

TV 모니터 속에서 사자가 사슴을 먹고 있다
바로 직전까지 도망치는 사슴을 사자가 쫓아다녔다
나는 사슴이 사자 속으로 벌겋게 들어가는 걸 본다
아니 저런, 꼭 제집 대문 들어가듯 하네 입이 문이면
송곳니는 어서 들어가자고 등 떠미는 다정한 손
아니지 지금 사슴이 사자로 변하는 중이잖아
서로 꽉 붙들렸으니 영락없는 한몸뚱어리지
그렇게 한순간 죽음이 꼭 나쁜 것만은 아닐지도
모른다는 돌연한 느낌에 사로잡혔다 핏빛

하늘 아래 사반나의 황혼 장엄하다
어린 사슴 따뜻한 사자 뱃속에 들어간 황혼을 탁 끄고
냉장고 열어 내용물 환히 비치는 유리그릇들
어둑한 식탁 위에 늘어놓다가 그 차가움에 감전되듯
사슴이 사자에게 잡아먹힌 저녁의 정체를 비로소
등줄기로 부르르 떨었다.

이면우(1951~)
1991년 첫 시집 《그 석양》을 발표하며 문단에 등단했다. 이후 《아무도 울지 않는 밤은 없다》, 《그 저녁은 두 번 오지 않는다》를 출간했다.

강자가 약자를 먹는다. 이 자연계의 철칙에는 이상한 자연스러움이 있어 부지불식간에 문명인의 의식을 마비시킨다. 사자 입속을 집안처럼, 송곳니를 다정한 손길처럼 느끼게 한다. 사슴과 사자는 같은 성을 가진 형제거나 한몸 같다. 저렇게 편안하게 죽을 수도 있을 것 같다. 잡아먹혀도 할 수 없을 것 같다….

인간이 자연의 야만에 사로잡히는 순간이다. 문명이 자연의 적이듯이 자연도 기척 없이 마당에 엄습하는 잡초처럼 문명에겐 독이 된다. 비참도 흔히 봐서 둔감해지면 무언가 초연해지는 느낌이 드는 것이 중독 아니랴.

뒤늦게 깨닫게 되는 "저녁의 정체"란 그것이 비명과 유혈을 동반한 살육이었다는 사실. 등골에 이는 경련이 뜻하는 바는 그러니까, 그래서는 안 된다는 것. 자연이 당연은 아니라는 것.

두더지의 앞발

김명수

낙화생 밭을 갈아엎다가
두더지 한 마리를 보았어요

어두운 땅밑에 사는 놈 같지 않게
두꺼운 지방질로 살이 통통했어요

필요 없는 것은 스스로 퇴화시킨 흔적
작은 눈이 선량하고 재미있었어요

낙화생 밭을 갈아엎다가
더욱 놀란 것은 앞발이었어요
아주 억세고 커다랬어요

몸에 비해 어울리지 않게 발달해 있었어요

그건 어두운 땅밑에 살아 남기 위해

그건 어두운 땅밑을 헤쳐 가기 위해

저절로 그렇게 되었으려니 생각했어요
아주 커다랗고 쓸쓸해 보였어요

김명수(1945~)
1977년 〈서울신문〉 신춘문예에 〈월식〉이 당선되어 등단했
다. 시집으로 《월식》, 《침엽수 지대》, 《여백》 등이 있다.

두더지의 앞발처럼 억세고 마디 굵은 손을 보면 숙연해진다. 외면받는 그 손이야말로 떳떳한 손이다. 펜을 쥔 인간도 마땅히 손이 발이 되도록 수고해야 한다고, 늘 다짐하지만 자주 잊어먹는다.

이 시의 우의적 의도는 다소 미묘하여, 두더지처럼 살자는 건지 그러지 말자는 건지 한눈에 잡히지 않는다. 하지만 어둠뿐인 현실에 적응해 살든 그것을 물리치려 애쓰며 살든 어느 쪽도 쉽지는 않다고, 붕대를 감은 듯 퉁퉁 부은 두더지 앞발은 말한다.

한시에서는 시를 시로 성립시키는 핵심 부위를 자안字眼이라 한다. 여기서는 마지막 연이 거기 해당할 것 같다. "저절로"에는 생존과 저항의 몸부림이 딱히 처량할 것 없는 당위라는 암시가, '쓸쓸해 보였다'에는 이것을 찬찬히 마음에 새겨 넣는 자기 연민과 다짐의 느낌이 들어 있다. 시에 적중한 말들은 대개 복잡할 것 없는 표현 속에 단순치 않은 감정과 생각을 머금고 있다.

태어난 것은 다 살 자격이 있다. 큰손, 큰주먹으로 빼앗고 해치지만 않는다면.

선어대 갈대밭

안상학

갈대가 한사코 동으로 누워 있다
겨우내 서풍이 불었다는 증거다

아니다 저건
동으로 가는 바람더러
같이 가자고 같이 가자고
갈대가 머리 풀고 매달린 상처다

아니다 저건
바람이 한사코 같이 가자고 손목을 끌어도
갈대가 제 뿌리 놓지 못한 채
뿌리치고 뿌리친 몸부림이다

모질게도
입춘 바람 다시 불어
누운 갈대를 더 누이고 있다

아니다 저건

갈대의 등을 다독이며 떠나가는 바람이다

아니다 저건

어여 가라고 어여 가라고

갈대가 바람의 등을 떠미는 거다

안상학(1962~)
1988년 〈중앙일보〉 신춘문예에 〈1987년 11월의 신천〉이 당
선되어 문단에 나왔다. 시집으로는 《그대 무사한가》, 《안동
소주》, 《오래된 엽서》, 《아배 생각》이 있다.

고시가古詩歌에서 뽕짝까지, 뭇 이별가들에는 슬픔으로 슬픔을 이겨내려는 안간힘이 들어 있지요. 끝끝내 이별을 받아들이지 않는 그 노래들도 역력하지만, 여기 유가 좀 다른 것이 있습니다.

어딘가로 함께 가자고, 가지 말자고 실랑이하던 바람과 갈대가, 결국은 서로를 힘껏 놓아주는군요. 다독여주고 떠밀어주며 잘 있으라고, 잘 가라고 빌어주는군요. 바람은 가서 할 일이 있고, 갈대는 또 남아서 할 일이 있는 거겠지요. 갈대와 바람의 이별은 봉두난발에 몸부림의 시간을 넘어 피어나는 어떤 새로운 사랑을 느끼게 합니다. 평등하게 사랑하는 두 존재의 헤어짐은 어느 결에 슬픔을 훨칠하게 넘어서 있습니다.

요즘 겨울 참 모질게도 춥습니다. 천지간에 추운 몸 하나 둘 곳이 마땅찮을 때면, 늦겨울 강변에 서서 견딜 수 없는 것을 힘써 견뎌내는 사람의 뒷모습을 한 번쯤 떠올려보는 건 어떨까요.

허밍, 허밍

고영민

해질녘 저 밭은 무엇인가
해질녘 저 흐릿한 논길은
해질녘 밭둑을 돌아 학교에서 돌아오는 거미 같은
저 애들은 무엇인가

긴 수숫대
매양 슬픈 뜸부기 울음

해질녘 통통통 경운기의 짐칸에 실려 가는
저 텅 빈 아낙들은 무엇인가
헛기침을 하며 걸어오는 저 굽은 불빛은 무엇인가

해질녘 주섬주섬 젖은 수저를 놓는
손
수레국화 옆에서 흙 묻은 발목을 문지르는 저 고단함은
해질녘 내 이름 석 자를 적어온

이 느닷없는 통곡은 무엇인가

해질녘, 해질녘엔
세상 어떤 것도 대답이 없고
죽은 사람은 모두 나의 남편이고 아내이고
해질녘엔 그저 멀리 들려오는
웃는 소리, 우는 소리

허밍, 허밍

고영민(1968~)
2002년 〈문학사상〉 신인상에 〈몰입〉 외 9편이 당선되어 등
단했다. 시집으로 《악어》, 《공손한 손》, 《사슴공원에서》가
있다.

해질녘은 낮밤의 경계이고 의식과 무의식의 경계이고 삶과 죽음의 사이 세계이다. 처연하고 막막한 이 시간에 논밭들은 흐릿하고 아이들은 거미와 같으며, 들녘엔 또 슬픈 뜸부기 울음. 모든 것이 비어 있고 모두에게 정처가 없다.

시의 인물은 이것이 "느닷없는 통곡" 때문이라고, 저물녘에 찾아온 뜻밖의 부음 때문이라고 말한다. 먼 곳의 생명 하나가 스러지자 저렇게, 세상 풍경에 핏기가 가신다. 죽은 자와 산 자의 구별이, 의식과 무의식의 구분이 무너진 애도의 순간에 나온 말들은 너무 경황없어 마치 넋 놓은 주문 같다. 시인은 환청을 몸으로 받으며 방언 중인 병자 같다.

그의 병이 더 깊어지기를. 그래서 결국은 환해지기를. 오늘 밤엔 이 몸도 가깝지 않은 곳에 조문하러 가야 한다.

환청 일기

이성복

붉은 열매들이 환청의 하늘 위에 시들고 있다
나는 들지 않는 칼을 들고 내 희망을 자른다
내가 귀 기울일 때마다 그들은 울음을 그친다

우리의 그리움 뒤쪽에 사는 것들이여,
그들은 흙으로 얼굴을 뭉개고 운다

이성복(1952~)
1977년 〈문학과지성〉에 〈정든 유곽에서〉를 발표하며 등단
했다. 시집으로 《뒹구는 돌은 언제 잠깨는가》, 《남해금산》,
《그 여름의 끝》, 《아, 입이 없는 것들》 등이 있다.

"나"의 무의식에, 간단없이 환청을 발하는 적들이 있다. 환청은 환시("붉은 열매들")를 부르고, 이것이 초래한 절망지대에서 그가 할 수 있는 일이라곤 모든 고통의 근원인 제 존재를 폐기하는 것뿐이다.

희망을 붙드는 것이 절망의 원인이 되는 인간의 곤경. 구원은 이 더러운 희망을 제거해야 올 터인데 칼은 들지 않는다. 이것은 아마 '자르는' 것이 아니라 '써는' 것에 가까우리라.

나약한 슬픔의 존재이되 그 정체를 알 수 없는, 이들은 누구인가. 시의 인물은 대체 무엇에게 공격받고 있는가. 하지만 그의 트라우마에 대한 분석 이전에 우리는 벌써 저 두 번째 행에서, 우리 몸에 칼이 지나가는 듯한 통증을 느낀다.

떨림

그 집을 생각하면

김남주

이 고개는
솔밭 사이사이를 꼬불꼬불 기어오르는 이 고개는
어머니가 아버지한테
욱신욱신 삭신이 아리도록 얻어맞고
친정집이 그리워 오르고는 했던 고개다
바람꽃에 눈물 찍으며 넘고는 했던 고개다
어린 시절에 나는 아버지 심부름으로
어머니를 데리러 이 고개를 넘고는 했다
고개 넘으면 이 고개
가로질러 들판 저 밑으로 개여울이 흐르고
이끼와 물살로 찰랑찰랑한 징검다리를 뛰어
물방앗간 뒷길을 돌아 바람 센 언덕 하나를 넘으면
팽나무와 대숲으로 울울한 외갓집이 있다
까닭없이 나는 어린 시절에
이 집 대문턱을 넘기가 무서웠다
터무니없이 넓은 이 집 마당이 못마땅했고

농사꾼 같지 않은 허여멀쑥한 이 집 사람들이 꺼려졌다
심지어 나는 우리 집에는 없는 디딜방아가 싫었고
어머니와 함께 집으로 돌아갈 때
외할머니가 들려주는 이런저런 당부 말씀이 역겨웠다
나는 한 번도 들여다보지 않았다
아버지가 총각 머슴으로 거처했다는 이 집의 행랑방을

김남주(1946~1994)
1974년 〈창작과 비평〉에 〈잿더미〉, 〈진혼가〉 등을 발표하며
작품활동을 시작했다. 시집으로 《조국은 하나다》, 《진혼가》,
《사상의 거처》, 《나와 함께 모든 노래가 사라진다면》 등이
있다.

일자무식 농사 머슴을 아버지로, 보리 서너 말에 그에게 업혀 온 주인집 딸을 어머니로 둔 소년이 있었다. 체제는 그를 강도로 반란분자로 규정했지만, 세상은 또 그를 시인이라 혁명가라 전사라 부르지만, 나는 왠지 제 아비의 고통과 제 어미의 눈물 사이를 곤하게 오가는 저 글썽이는 아이가 눈에 밟힌다.

그는 아비의 울화와 어미의 장애를 아파한 아이에서, 온 민중의 머슴살이에 분노하는 어른으로 아주 조금… 그러니까 혁명적으로 바뀌었던 것이리라.

그가 건너간 저 세상에 정말로 크고 따뜻한 손이 있다면, 무엇보다도 먼저, 저를 대신해 쉼 없이 싸우다 다쳐 온 한 소년을 서둘러 응급실로 옮기고 있지 않을까.

오래된 이야기

진은영

옛날에는 사람이 사람을 죽였대
살인자는 아홉 개의 산을 넘고 아홉 개의 강을 건너
달아났지 살인자는 달아나며
원한도 떨어뜨리고
사연도 떨어뜨렸지
아홉 개의 달이 뜰 때마다 쫓던 이들은
푸른 허리를 구부려 그가 떨어뜨린 조각들을 주웠다지

조각들을 모아
새하얀 달에 비추면
빨간 양귀비꽃밭 가운데 주저앉을 듯
모두 쏟아지는 향기에 취해

그만 살인자를 잊고서
집으로 돌아갔대

그건 오래된 이야기
옛날에 살인자는 용감한 병정들로 살인의 장소를 지
키게 하지 않았다

그건 오래된 이야기
옛날에 살인자는 아홉 개의 산, 들, 강을 지나
달아났다
흰 밥알처럼 흩어지며 달아났다

그건 정말 오래된 이야기
달빛 아래 가슴처럼 부풀어 오르며 이어지는 환한
언덕 위로
　　　나라도,
　　　　법도, 무너진 집들도 씌어진 적 없었던 옛적에

진은영(1970~)
2000년 〈문학과 사회〉에 〈커다란 창고가 있는 집〉을 발표
하며 등단했다. 시집으로 《일곱 개의 단어로 된 사전》, 《우
리는 매일매일》, 《훔쳐가는 노래》가 있다.

'사람이 사람을 죽이는' 세상엔 그래도 수습의 가망이 있다. 살인은 용납될 수 없지만, 옛날의 어떤 곳엔 그걸 저지를 만한 원한과 사연이 있었다고 시는 말한다. 그런데 이제는 '사람 아닌 것'이 사람을 죽인다고, 이 시는 더 세게 말한다. 그것을 국가라 부를까 자본이라 부를까.

옛날의 살인자는 혼비백산 세상 끝으로 달아나야 했지만 오늘의 살인자는 그러지 않는다. 죽음의 장소를 점령하고 앉아 죽임은 없었노라고 그것은 도리어 떵떵거리며 말한다. 하지만 시의 인물은 처음부터 그것을 살인자로 지목하고 있지 않은가. 이 살인사건들의 가공할 메시지는 '죽여도 된다'가 아니었던가.

그래서일까, 시의 마지막 연은 심하게 더듬거린다. 이 더듬거림이 그녀의 진심이라고, 소리 없는 통곡의 벽 앞에 모두를 불러 세우는 걸로 말을 그치는 것이 그녀의 시라고, 나는 생각한다.

냄비

할인점에서 고르고 고른
새 냄비를 하나 사서 안고 돌아오는 길이었다

때마침 폭설 내려
이사 온 지 얼마 안 된 불안한 길마저 다 지워지고
한순간 허공에 걸린 아파트만을 보며 걸어가고 있
었는데
품속의 냄비에게서
희한하게도 위안을 얻는 것이었다

깊고 우묵한 이 냄비 속에서 그동안
내가 끓여낼 밥이 저 폭설만큼 많아서일까
내가 삶아낼 나물이 저 산의 나무들만큼 첩첩이어
서일까
천지간 일이 다 냄비와 무관하지 않은 듯하고
불과 열을 이겨낼 냄비의 세월에 비하면

그깟 길 하나 못 찾는 건 아무것도 아니라고
품속의 냄비에게서
희한하게도 밥 익는 김처럼
한 줄의 말씀이 길게 새어나오는 것이었다

문성해(1963~)
1998년 〈매일신문〉, 2003년 〈경향신문〉 신춘문예로 등단했
다. 시집으로 《자라》, 《아주 친근한 소용돌이》, 《입술을 건
너간 이름》이 있다.

이것은 냄비에 대한, "희한하게도"라고밖에 말하기 어려운 어떤 위안에 대한 시이다. 새 동네의 낯선 길에 빗대어진 팍팍한 인생살이의 불안을 어떻게든 뜨거운 눈시울로 지그시 누르고 있는 시이다.

오늘 그녀는 냄비를 잘 고른 것 같다. 냄비는 얇고 가벼운 것인 줄만 알았는데, 쉬 우그러지고 쉬 구멍 나는 가난의 표식인 줄만 알았는데, 저렇게나 "깊고 우묵한" 것이었다니. 밥을 "폭설"에다 나물을 숲에다 비유해 놓으니, 하늘땅도 세계의 배꼽 같은 이 의젓한 냄비만은 어쩌지 못할 것 같은 근거 없는 믿음이 든다.

이따금은 이유가 좀 없어야 산다. 인생은 차디차지만 어느 결엔 방심한 듯 숨통을 풀어주기도 하는 희한한 것이다. 산 입에 거미줄 치랴. 시인이자 시인의 아내인 그녀의 근황이 궁금하다.

나룻목의 설날

서정주

바다는
얼지도 늙지도 않는
울 너머 누님 손처럼
오늘도 또 뻗쳐 들어와서

동지 보리 자라는
포구 나룻목.

두 달 전의 종달새
석 달 뒤의 진달래 불러
보조석공 아이는
돌막을 빻고

배 팔아 도야지를 기르던 사공
나그네의 성화에 또 불려 나와
쇠코잠방이로

설날 나그네를 업어 건넨다.

십 원이 있느냐고
인제는 더 묻지도 않고
나그네 배때기에
등줄기 뜨시하여
이 시린 물 또 한 번 업어 건넨다.

서정주(1915~2000)
1936년 〈동아일보〉 신춘문예에 〈벽〉이 당선되면서 작품활
동을 시작했다. 시집으로 《화사집》, 《귀촉도》, 《신라초》,
《동천》, 《질마재 신화》 등이 있다.

바다에 연한 외진 나루터 풍경이 설인데도 고즈넉하다. 변함없이 밀물이 들고, 겨울보리는 파릇파릇하고, 돌 쪼던 아이는 흥얼대며 그냥 돌을 쫀다. 하지만 강 건너에 고향이 있는데 찾을 이가 없겠나. 물이 있는데 건너는 사람이 없겠나.

그래서 '운송업'에서 '축산업'으로 전환한 마음 약한 어제의 사공이, 제 천직天職을 저버리지 못하고 반바지 차림으로 또 찬물에 발을 담근다.

미당 중기의, 눈에 잘 안 띄는 작품이다. 시인은 영욕의 세월을 살다 갔으나, 그의 시는 남아서 이렇게 의젓하다. 한 번 더 읽어드리고 싶은 대목, "나그네 배때기에/ 등줄기 뜨시하여/ 이 시린 물 또 한 번 업어 건넨다". 좋다. 어디에도 꿰맨 자국이 없는데, 참 좋다.

요즘 뭐하세요?

문정희

누구나 다니는 길을 다니고
부자들보다 더 많이 돈을 생각하고 있어요
살아 있는데 살아 있지 않아요
헌옷을 입고
몸만 끌고 다닙니다
화를 내며 생을 소모하고 있답니다
몇 가지 물건을 갖추기 위해
실은 많은 것을 빼앗기고 있어요
충혈된 눈알로
터무니없이 좌우를 살피며
가도 가도 아는 길을 가고 있어요

문정희(1947~)
1969년 〈월간문학〉에 〈불면〉, 〈하늘〉이 당선되어 등단했다.
시집으로 《남자를 위하여》, 《찔레》, 《다산의 처녀》, 《양귀비
꽃 머리에 꽂고》 등이 있다.

돈이 신神이 되고 물건이 주인이 된 곳에서는 누구나 사는 모습에 별 차이가 없다. 우리는 벌면서 빼앗기고, 소비하면서 소모된다.

욕망 일색인 "아는 길"은 가도 가도 제자리를 맴돌 뿐이라는 점에서 진정 '모르는 길'이다. 우리는 오아시스를 지척에 두고도 핏발 선 눈으로 먼 곳의 신기루를 좇는 어리석은 방랑자인지도 모른다.

이렇게 사는 건 사는 게 아니라고 시는 말하지만, 사막의 "아는 길"을 버리고 달리 우리가 어디서 또 길을 찾아볼 것인가. 다른 삶의 씨앗은 바로 이 목마른 삶속에 있다. 너무 깊어져 고질이 된 메마름을 힘써 견디는, 고행하는 사람의 목소리가 행간에 배어난다.

울름의 재단사
– 1592년 울름에서

베르톨트 브레히트

주교님, 저는 날 수 있어요.
재단사가 주교에게 말했습니다.
주의해 보세요, 제가 어떻게 나는지!
그리고 그는 날개처럼 생긴 것을
가지고 높고 높은 성당
지붕 위로 올라갔습니다.

　　주교는 계속해서 걸어갔습니다.
　　그것은 새빨간 거짓말이야.
　　인간은 새가 아니거든.
　　앞으로도 사람은 절대로 날 수 없을 거야
　　주교는 재단사에 대하여 말했습니다.

그 재단사가 죽었어요.

사람들이 주교에게 말했습니다.

굉장한 구경거리였어요.

그의 날개는 부러져 버렸고

그의 몸은 박살이 나서

굳고 굳은 성당 마당에 놓여 있어요.

성당의 종을 울리시오.

그것은 거짓말에 지나지 않았소.

사람은 새가 아니오.

어떤 사람도 절대로 날 수 없을 것이오.

주교는 사람들에게 이렇게 말했습니다.

베르톨트 브레히트(1898~1956)
독일의 시인이자, 극작가, 무대연출가로도 활동했다. 국내
에 소개된 시집으로는 《살아남은 자의 슬픔》이 있다.

'날다'라는 말 속에는 얼마나 많은 꿈들이 들어 있을까. 철없는 꿈 신나는 꿈, 행복한 꿈 무서워서 덜덜 떨리는 꿈…. 하지만 꿈이란 좋은 것. 그리고 정말로 좋은 꿈은 그저 좋은 꿈.

그는 천을 자르고 붙이며 사실은 싱글벙글 날개를 만들고 있었으리라. "날개처럼 생긴" 허접한 것을 만들고 있었으리라.

그의 미흡을 격려해주세요. 어딘가에 이곳보다 더 나은 곳이 있으리라 믿는 모든 날갯짓들을 축복해주세요. 부러진 날개와 박살난 몸을 슬퍼하시고, 그의 꿈은 웃으며 기억해주세요. 하늘에 대해선 아무런 관심이 없는 주교에겐 조금 눈을 흘겨주시고, 우리 모두에게는 또 변함없이 그 "새빨간 거짓말"을. 인간은 새가 맞아요. 모든 인간은 반드시 날 수 있을 거예요.

죄罪와 벌罰

김수영

남에게 희생을 당할 만한
충분한 각오를 가진 사람만이
살인을 한다

그러나 우산대로
여편네를 때려눕혔을 때
우리들의 옆에서는
어린놈이 울었고
비오는 거리에는
사십 명 가량의 취객들이
모여들었고
집에 돌아와서
제일 마음에 꺼리는 것이
아는 사람이
이 캄캄한 범행의 현장을
보았는가 하는 일이었다

--- 아니 그보다도 먼저

아까운 것이

지우산을 현장에 버리고 온 일이었다

김수영(1921~1968)
1945년 〈예술부락〉에 〈묘정의 노래〉를 발표하며 등단했다.
시집으로 《달나라의 장난》이 있고, 유고시집으로 《달의 행로
를 밟을지라도》, 《김수영 시선》, 《김수영 전집》 등이 있다.

그는 평생 링 아래서 싸웠다. 답이 안 보이는 현실이, 지리멸렬한 일상이 그의 싸움터였기 때문이다. 초라하고 사납고 서럽게, 하지만 정직하게 그는 그곳에서 버티었다.

일상의 순간순간은 사실 저마다 절체절명의 고비들이다. 생활인은 누구나 '치사 빤스'를 입고 있다. 마누라를 패고 집으로 도망쳐 와서는 남의 이목이 두려워 전전긍긍하고, 두고 온 지우산 따위에 연연하며, 연연하려 애쓰며 사정없이 쪼그라드는 이 소시민을 보시라. 우리도 필시 이 비슷했던 적이 있다. 그와 우리는 닮았다. 하지만 그는 그걸 말하고 우리는 말하지 못한다.

그의 시는 시에 닿기 위한 필사적인 몸부림이 시 자체가 된 드문 사례이다. 어쩌다 화려한 조명 아래 올랐기 때문이 아니라 고달프고 끈질기게 진흙탕에서 뒹굴었기에 그는 시의 승리자가 될 수 있었지 않을까. 그의 링사이드가 늘 만원사례인 것도 이 때문이 아닐까.

얼음나라 체류기

유홍준

있으나 마나 합니다 내 얼음대문 얼음자물통

낳으나 마나 합니다 내 얼음아이들

얼음시들…

기대기만 하면

녹아버리는 얼음언덕에 기대어

얼음눈물이 줄줄 흐르는 얼음눈으로

바라봅니다 돌아갈 수 없는 얼음고향

얼음동산 믿을 수가 없는 얼음어머니

얼음아내…

여보, 건너려고만 하면 녹아 허물어지는

이 얼음다리 위로

나 어떻게 건너가지?

유홍준(1963~)

1998년 〈시와반시〉에 〈수평선을 밀다〉 등의 시가 당선되어
등단했다. 시집으로 《상가에 모인 구두들》, 《나는, 웃는다》,
《저녁의 슬하》가 있다.

지상의 영화를 찬양하는 종교가 없듯이 현세의 복락을 지지하는 시도 근본적으로는, 없다. 우리는 모든 것이 가차 없이 무無로 바뀌어가는 기막힌 곳에서, 기막혀 하지도 않고 살고 있다. 요컨대 허망을 산다.

이 시의 득의의 지점은 존재와 인연의 허무를 한탄한 데 있지 않고 그것을 애탐의 눈으로 그린 데 있다. 어떤 종교는 고통 그것도 허망이라고 가르치지만, 모든 시는 허망을 고통이라 느끼는 곳에서부터 말을 시작한다.

모든 것이 녹아서 물이 되어버리는 세계는 공포스럽다. 허망의 세계에서, 피는 도대체 물보다 더 진할 수가 없는 것이다. 아니다. 피는 물보다 더 진하다고, 이 시는 말한다! 이 시의 어조가 그렇게 말한다.

목젖

박성우

평소엔 그냥 목젖이었다가

내가 목놓아 울 때

나에게 젖을 물려주는 젖

젖도 안 나오는 젖

같은 젖,

허나 쪽쪽 빨다보면

울음이 죄 삼켜지는 젖

무에 그리 슬프더냐, 나중에

나중에 내가

가장 깊고 긴 잠에 들어야 할 때

꼬옥 물고 자장자장 잠들라고

엄마가 진즉에 물려준 젖

박성우(1971~)
2000년 〈중앙일보〉 신춘문예로 등단했다. 시집으로 《가뜬
한 잠》, 《거미》, 《자두나무 정류장》 등이 있다.

목젖이란 앙앙 울 때나 필요한 것. 목젖도 젖이라는 말은 처음 듣네. 아파서, 서러워서, 무엇보다도 배고파서 울음을 터뜨리면 언제나 어머니의 따스한 젖가슴이 있었던 것 같네.

시인은 말하네. 다 자라 하염없이 인생이 고픈 입이 세상 어디에서도 어머니의 젖을 찾지 못할 때를 위해, 어머니는 젖 하나를 몰래 숨겨두었다고. 시인은 또 옹알이하듯 말하네. 우리 살다 마지막 가야 할 설움의 시간까지 미리 다 알고, 어머니는 목숨의 좁은 통로에 젖 하나를 따로 마련해 두었다고.

나는 왠지 이 거짓말이 참말 같네. 이 몸은 죄다 어머니가 만든 거니까. 탄생에서 죽음까지, 전부 어머니의 작품이니까.

축구선수

장정일

무지하게 노력했어요 그랬어요
나는 차 버리려고 노력했어요
차 버리려고 차 버리려고 차 버리려고
경기장 밖으로 그래요 나는
경기를 중단시키고 싶었어요

노려보지 마세요 나는
뛰고 달리고 고꾸라졌어요
당신이 던진 공을 차버리려고
아니 나는 받아냈어요 당신이 주는 패스를
잘도 받아냈어요

하하 웃는 당신을 이기기 위해
죽도록 노력 노력 노력했어요
그러나 언제나 돌아오는 당신 뻔뻔스런 당신을
다시 걷어찼어요 삶의 뱃가죽이

터지라고 차냈어요

여러분 나는 축구선수가 아닙니다
그런데 매일 내 발밑으로 공이 굴러듭니다
이글이글 불타오르는 태양!
아무도 경기를 중단시키지 못할 거예요
아무도 중단시키지 못할 거예요

장정일(1962~)
1984년 〈언어의 세계〉에 〈강정 간다〉를 발표하면서 시인으로 데뷔했다. 시집으로는 《햄버거에 대한 명상》, 《길안에서의 택시잡기》, 《주목을 받다》 등이 있다.

아무런 목표(goal)도 없이 그라운드에 끌려들어간 그가 누구보다 더 필사적으로 공을 찬다. 경기를 끝장내 버리기 위해, 경기의 배후조종자인 "당신"에게만은 이기기 위해 그는 한사코 경기장 밖으로 공을 차내 버리려 한다. 경기는 중단되어야 한다. 하지만 경기는 중단되지 않는다.

시의 인물이 보기에, 우리는 선수가 아닌데도 뛰어야 하는 울고 싶은 검투 노예에 불과하다. 억지로 싸우고 있는 약한 파이터에 불과하다. 우리는 우리가 싸우고 싶어 한다고, 싸우고 싶어 해야 한다고 착각한다. 착각이 우리를 살려줄 것이라 착각한다. 사실은 삶의 패러다임을 바꿔보려고 불가능과 싸우는 그가 강한 파이터일 테지만, 자유인이 되고픈 그는 지금 주저앉기 직전인 것 같다.

나에겐 꿈이 있어요, 그것은 이기지 않는 것입니다…. 어떤 이들은 이런 마음으로 살아가지만, 이 꿈은 아주 큰 꿈이어서 쉽게 이루진 못할 것이다.

새벽부터 내리는 비

김승강

　비야 내려라 억수같이 내려라 억수같이 내려 아침 일찍 집을 나서는 누이의 발길을 돌려놓아라 새벽에 꿈결에 깨어 어 비가 오네 하고 미소 지으며 달콤한 잠 속에 빠지게 해라 비야 노동판을 전전하는 김 씨를 공치게 해라 무더운 여름 맨몸으로 햇빛과 맞서는 김 씨를 그 핑계로 하루 쉬게 해라 비야 내 단골집 철자의 가슴속에서도 내려라 아무도. 모르게 가슴속에 꽁꽁 감추어둔 철자의 첫사랑을 데려다 주어라 비야 내려라 내려도 온종일 내려 세상 모든 애인들이 집에서 감자를 삶아 먹게 해라 비야 기왕에 왔으니 한 사흘은 가지 마라 그동안 세상 모든 짐은 달팽이가 져도 충분하게 해라.

김승강(1959~)
2003년 〈문학 판〉으로 등단했다. 시집으로 《흑백 다방》,
《기타 치는 노인처럼》이 있다.

어려서 들일 할 때 기다리던 비. 구름아 몰려와라, 비야 퍼부어라, 빨갛게 달구어진 밭뙈기를 쓸어가 버려라. 이건 물론 못된 생각이었지만, 사람이 일만 하고 어찌 산단 말이란 말인가. 일만 하라는 세상은 몹쓸 세상이다. 실업도 비정규직도 알고 보면 더 혹독한 부림이다. 일할 기회를 얻지 못할수록 더 강하게 일에 예속되니까.

일 속에 기쁨을 모시는 법을 우리는 얼마나 알고 있을까. 비야 쏟아져라, 누이와 김 씨와 철자의 버거운 노동의 나날에. 저는 몹시 출근하고 싶었습니다만 부장님, 십장님, 보시다시피 비가, 무슨 놈의 비가… 느긋하고 떳떳한 핑계를 대게 해라.

연인들이 서로의 입에 감자를 넣어주며 심장이 오그라드는 동안 세상은 달팽이 차지가 되겠네. 찾다가 찾다가 짐을 못 찾아 달팽이는 제 집만 지고 가겠네.

화전

이문재

나 잡목 우거진 고랭지
이 여름, 깊은 가뭄으로 흠뻑 말라 있으니
와서, 어서들 화전하여라
나의 후회들 화력 좋을 터
내 부끄러움들 오래 불에 탈 터
나의 그 많던 그 희망들 기름진 재가 될 터
와서, 장구 북 꽹과리 징 치며
불, 불질러라, 불질러 한 몇 년 살아라

한때 나의 모든 사랑, 화전이었으니
그대와 만난 자리 늘 까맣게 타버렸으니
서툴고 성급해 거두지 못하고, 나누지 못하고
뒤돌아보지 않고 다른 숲을 찾았으니
이제 나, 잡목 우거진 고랭지
와서 불질러라, 불

이문재(1959~)
1982년 〈시운동〉에 〈우리 살던 옛집 지붕〉을 발표하며 등
단했다. 시집으로는 《내 젖은 구두 벗어 해에게 보여줄 때》,
《산책시편》, 《제국호텔》 등이 있다.

사랑은 참 다루기 어려운 불이다. 그것은 "나"를 태워
버리기도 "그대"를 태워버리기도 하고, 사랑 그 자체를
태워 없애버리기도 한다. 서툴고 성급하고 그래서 용
렬했던 그의 사랑은 함부로 불 지르다 거듭 폐허만을
생산했던 모양이다. 무람없이 돌아서서 이 숲 저 숲 흘
러 다녔던 모양이다.

그러다 어느 높은 지대에 닿아 그는 이윽고 멈춘 것
같다. 헤맴 속에 길이 있었다고 해야 할 것이다. 후회와
부끄러움, 그리고 그늘진 희망은 방황의 불길이었으
나 이제 불의 연료, 즉 땔감이 되었다. 그는 더 이상 사
랑을 찾으려 하지 않고 사랑이 되려 한다. 그래서 불이
아니라 불을 일으킬 숲으로 남아 더욱 뜨겁다.

기쁜 그는 이제 더듬더듬 사방으로 사랑을 부른다.
까맣게 타버린 옛날의 화전과 기름진 재 위에 일굴 오
늘의 화전이 이렇게나 다르다.

상처 입은 혀

나희덕

너는 혀가 아프구나
어디선가 아득히 정신을 놓을 때
네가 자기도 모르게 깨문 것이 혀였다니
아, 너의 말이 많이 아프구나

무의식중에라도 하고 싶었던,
그러나 강물처럼 흐르고 또 흘러가버린,
그 말을 이제야 듣게 되는구나

고단한 날이면 내 혀에도 바늘처럼 돋던 그 말이
오늘은 화살로 날아와 박히는구나

얼마나 수많은 어리석음을 지나야
얼마나 뼈저린 비참을 지나야
우리는 서로의 혀에 대해 이해하게 될까

혀의 뿌리와 맞닿은 목젖에서는
작고 둥글고 고요한 목구멍에서는
이제 아무 소리도 나지 않는다
말이 말이 아니다

독백도 대화도 될 수 없는 것
비명이나 신음, 또는 주문이나 기도에 가까운 것
혀와 입술 대신
눈이 젖은 말을 흘려보내는 밤
손가락이 마른 말을 부스럭거리는 밤

너에게 할 말이 있어
아니, 더 이상 할 수 있는 말이 없어
이생에서 우리가 주고받을 말은 이미 끝났으니까

그러니 네 혀가 돌아오더라도
끝내 그 아픈 말은 들려주지 말기를

그래도 슬퍼하지 말기를,
끝내 하지 못한 말은 별처럼 박혀 있을 테니까

나희덕(1966~)
1989년 〈중앙일보〉 신춘문예에 〈뿌리에게〉가 당선되어
등단했다. 시집으로 《뿌리에게》, 《사라진 손바닥》, 《그곳이
멀지 않다》, 《야생사과》 등이 있다.

혀 없이 말할 수 있는 사람도, '혀의 아픔' 없이 숨은
진실을 내놓을 수 있는 사람도 없을 것이다. 발설發說은
곧 발설發舌이니까. 진실은 두렵다. 그래서 불현듯 혀를
깨물고, 문득 그것을 드러내고 마는 것이 사람이자 사
람관계인 걸까.

"상처 입은 혀"의 아픔으로 한 사람이 누군가에게
이제 말하고, 그 사람도 예전 그에게 그런 말을 했던
것 같다. 아픈 말은 화살처럼 가슴을 찌르지만, 그것은
왜 이렇게 늦게야 당도한 걸까. 인간에게는 한계란 것
이 있는데. 아픔이 과녁을 잃고 진실은 어긋나는 사이
에 말은 혀에서 떨어져 나와 어두운 몸속으로 내려간
다. 그것은 음식물이 형체를 잃듯 더는 말이라 부르기
어려운 어떤 것으로 바뀐다. 비명과 신음, 주문과 기도
는 모두 혀의 말이라기보다 몸의 말, 그러니까 몸부림

에 가까운 것이다.

　말의 감옥을 몸 안에 두고 이생 인연을 말할 수는 없는 노릇이다. 시의 인물은 이제 그만 말하자고 한다. 읽는 마음이 아프다. 하지만 시인은, 한사코 그 말할 수 없는 몸의 말을 하고자 한다. 나는 이게 더 아프다.

나는 시를 너무 함부로 쓴다

이상국

그전에, 많이 아픈 사람이 꼭 새벽에 전화했다
너무 아파서 시인과 이야기하고 싶다고 했다
한두 해 지나자 전화가 끊겼다

늘 죽고 싶다던 그 사람
죽었을까
털고 일어났을까

몇 년째 감옥에 있는 사람이
오랫동안 시를 써 보내왔다

양면 괘지에 희미하게
새 발자국 같은 시를 찍어 보내며
벌거벗은 것처럼
마음을 들킨 것처럼
부끄럽다고 했는데

우리가 살면서 누군가
좀 들여다봐주었으면 하는
혹은 아무 욕심도 없는 마음
그런 게 시라면
나는 시를 너무 함부로 쓴다

이상국(1946~)
1976년 〈심상〉에 〈겨울 추상화〉를 발표하며 등단했다. 시집
으로 《집은 아직 따뜻하다》, 《어느 농사꾼의 별에서》, 《뿔을
적시며》 등이 있다.

시인이 의지한 윤리 가운데 하나는 그가 누군가를 대신해 말한다는 것 아닐까. 그러다가 어느 때는 그 누군가가 제 입을 빌려 말한다는 느낌에 닿기도 하는 것 아닐까.

대신代身이라는 점에서 그는 얼마간 사제를 닮았다. 사제의 길과 시인의 길은 어느 험로에선가 갈라지겠지만, 대신 아프고 대신 슬픈 몸을 지녀야 시인은 아픈 이와 갇힌 이의 긴 얘기를 어렵사리 들어 헤아릴 수 있을 것 같다.

누군가에게 꼭 들려주고 싶은 말, 그 마음 말고 아무런 욕심도 없는 말이란, 말이 되어 나오지 않을 도리가 없는 말일 것이다. 다 벗어 부끄러운 그 말과 글의 뿌리가 고통을 움켜쥐고 있기에 진실이라고, 그 고백의 간절함 곁에 나란히 서기란 어렵다고 시인은 탄식하지만, 그게 전부는 아닐 것이다.

"그런 게 시"라는 숙연한 피력이 숨은 고백이 되어 이 시를 받쳐주고 있다.

개구리 메뚜기 말똥구리야

최정례

너 개구리야
그 힘으로
콩 튀듯 팥 튀듯 뛰는 메뚜기야
네 사랑의 힘으로 말똥구리야
우리 말똥을 굴리며 가자
엎어지며 고꾸라지며 가자
저 들판을 지붕을 건너
개구리 메뚜기 말똥구리야
대문 걸어 잠그고 두문불출한다 해도
느닷없이 따귀 맞고 쌍욕은 듣게 된다
빚 갚고 갚으며
철조망에 싹이 나고 잎이 날 때까지
꽃 피고 꽃 지고
주렁주렁 수박덩이가 매달릴 때까지
복사씨도 살구씨도 미쳐 날뛸 때까지
가자

말똥을 굴리며 굴리며

으으 개구리 메뚜기 말똥구리야
세간에 세간에 출세간에
그 너머로 우리
말똥을 소똥을 굴리며 가자

최정례(1955~)
1990년 〈현대시학〉으로 등단하였다. 시집으로 《내 귓속의
장대나무 숲》, 《붉은 밭》, 《레바논 감정》, 《캥거루는 캥거루
고 나는 나인데》 등이 있다.

개구리는 뛴다. 메뚜기도 뛴다. 말똥구리는 못 뛴다. 못 뛰지만 열심히 긴다. 그래봤자 거기가 거기겠지만, 얘들은 모두 어디론가 간다. 그중에서도 말똥구리는 참 잘 간다. 엎어지고 자빠지고 고꾸라지면서도 간다. 가는 놈은 간다. 똥을 덮고 똥을 먹고 똥 속에 똥을 누면서도 말똥구리는 열심 열심 산다.

사람은 어떻게 살아야 하나. 말똥구리처럼 살면 된다. 밑 빠진 독에 물을 부으며, 제가 싼 똥을 제가 깔고 앉아 뭉개며, 맞은 데를 또 맞으며 인간은 대체 뭘 어떻게 해야 하나. 말똥구리처럼 가면 된다. 바로 서서 굴리고 안 되면 거꾸로 서서 굴리며, 사랑이 뭔지도 모르는 사랑의 힘으로 정신없이 기어가면 된다. 복사씨처럼 살구씨처럼 제 생에 대한 사랑으로 미쳐 날뛰면 된다.

도대체 어디로? 물을 겨를도 없이 가야 한다. 어느 선배시인이 전에 말했듯이, 가야 한다, "아픈 몸이 아프지 않을 때까지".

구두

이우걸

조금씩 지루할 무렵
그가 구두를 사 준 적 있다
구두가 지저분하면 스타일을 구긴다며
구겨진 자신의 스타일은
눈치 채지 못한 채

차창 밖에 봄이 와서 꽃들이 수다를 떨고
방금 본 무지개처럼 추억이 선연하다
그 역에 닿으면 먼저
구두부터 닦으리라

이우걸(1946~)
1973년 〈현대시학〉에 〈이슬〉을 발표하며 등단했다. 시집으로는 《맹인》,《나를 운반해온 시간의 발자국이여》,《그대 보내려고 강가에 나온 날은》 등이 있다.

구두는 나의 지루함을 잠시 속여 주었겠지만, 아마도 오래는 아니었을 것이다. 구두란 어디론가 떠나는 데 필요한 물건이 아닌가. 그의 바람과는 달리 관계는 마음의 문제에서 스타일의 문제로, 점차 옅어져 갔을 것이다. 쓸쓸한 생각이지만, 그의 구겨진 스타일이 오히려 나의 감정을 식게 했을지도 모르겠다. 가족의 입성을 돌보느라 바쁜 사람의 해진 속옷이 옆 사람을 슬프게도 화나게도 하듯이.

두 사람은 결국 어느 교차로나 이별의 정거장에 서고 말았을 것이다. 그리고 긴 세월이 흘러갔다. 나는 지금 옛날의 그를 만나러 가는 것 같다. 꽃들의 수다에 두근대는 마음, "추억"이라는 저 먼 말을 보면 짐작이 간다. 그리고 스타일은 스타일로 갚아야 하는 것, 구두는 곧 휘둥그레진 눈처럼 윤이 날 것이다. 구두란, 어딘가로 만나러 가는 데 필요한 물건 아닌가.

지루함은 이렇게 사심 없는 설렘이 되었다. 시간은 많은 것을 치유해주는 것 같기도 하다.

몸시詩·40
– 산책

정진규

라파엘의 집 눈먼 아이들은
하루 종일 눈뜨고 있다가
강아지들과도 잘 놀고 있다가
젊은 봉사자들이 찾아오는 저녁 무렵이면
정말 눈먼 아이들이 된다
찾아온 사람들은
그들이 온전히 눈먼 아이들이라 믿고 있고
눈먼 아이들은 그래서 예의가 바르다

눈먼 아이들은 그래서,
눈뜬 자들보다 더 확실하게
눈뜨고 있다
언제나 눈뜨고 있다

노을이 아름답다
손목 잡고 산책하고 있다

정진규(1939~)
1960년 〈동아일보〉 신춘문예에 〈나팔서정〉이 당선되어 등
단하였다. 시집으로는 《마른 수수깡의 평화》, 《들판의 비인
집이로다》, 《매달려 있음의 세상》, 《비어 있음의 충만을 위
하여》, 《뼈에 대하여》, 《몸시(詩)》 등이 있다.

몸은 몽매하고 의식은 명료하다거나 눈멀면 보고 느
끼지 못한다는 생각은 늘 옳은 걸까. 그렇지 않은 것
같다. 장님에게 지혜를 구하는 것은 동서고금의 전통
이기도 하다.

　시인이 보기에 눈먼 아이들은 제 몸 안의 빛을 느끼
며 산다. 안을 향해 열린 눈으로 마음을 본다. 그리고
그것이 일러주는 바를 헤아려 사려 깊은 "예의"로 표
출한다. 맹인은 시력이 없다는 외부의 시선에 포획되
지 않고, 아이들은 그 시선을 감지하고 이해할 뿐만 아
니라 배려하기까지 하는 것 같다.

　눈먼 아이들은 그러니까 성한 눈이 보지 못하는 무
언가를 보고 있고, 성한 몸이 갖지 못한 무언가를 갖고
있다. 아마도 시인은 그것까지를 보았을 것이다.

놋쇠요령
– 아내의 방

서상만

망미동 골동품 가게에서
놋쇠요령 하나를 샀다
젊은 날, 아내의 곱던 목소리같이
살짝 흔들어도 청아한 울림

파랗게 녹이 슬어
백년은 더 되었다고
가게주인이 세월에 덤을 달았다

이 요령의 주인은 누구였을까

말문을 닫고
검불로 누운 그녀 침상에
호출용으로 놔 둔 놋쇠요령,

그녀 손에서 요령이 흔들릴 때마다

나는 얼른,

그 녹슨 소리를 받아먹었다

이제 놋쇠요령은 울지 않는다

철렁, 가슴이 내려앉던 밤들

서상만(1941~)
1982년 〈한국문학〉으로 등단하였다. 시집으로 《시간의 사
금파리》, 《그림자를 태우다》, 《모래알로 울다》가 있다.

몸져누운 그녀와 백년 된 요령의 만남이 애잔하다. 요령소리는 청아한데, 그녀의 목소리는 그의 추억 속에서만 곱다. 사람 것인 줄만 알았던 것들을 무언가가 이 세상에서 가차 없이 회수해 가 버린다.

그녀는 말을 잃었기에 한낱 놋쇠요령이 그녀의 목소리를 대신한다. 목마른 그는 쇠를 통해야만 전해오는 그녀의 부름을 정신없이 받아먹을 수밖에 없다. 받아먹는다, 라니……. 이 가냘픈 소리가 울리고 가는 둘의 인간 고독은 어떤 빛깔이었을까. 짐작조차 어렵다. 갓난아이가 자라 청년이 될 세월 동안 그는 그녀를 수발했다고 한다.

이제 더 이상 가슴이 철렁 내려앉을 일은 없어졌다고 시도 시인도 내게 말하지만, 그 가슴을 일으켜 요령을 깨우는 것이 이분의 시 쓰기였으면 좋겠다. 그 소리, 오래도록 음복했으면 좋겠다.

박영근

김사인

　너무 무서워서 자꾸만 자꾸만 술을 마시는 것
　그렇게 술에 쩔어 손도 발도 얼굴도 나날이 늙은 거
미같이 까맣게 타고 말라서 모두 잠든 어느 시간 짚검
불처럼 바람에 불려 세상 바깥으로 가고 싶은 것

　그 적의 어느 으슥한 밤 쪽으로
　선운사 동백 몇 송이도 눈 가리고 떨어졌으리

　받아주세요 두 손으로 고이
　어디 죄짓지 않은 마른 땅 있으면 잠시 쉬어가게 해
주세요
　젊은 스님의 애잔한 뒤통수와 어린 연둣빛 잎들과
살구꽃 지는 봄밤 같은 것을
　어떻게든 견뎌보려는 것이니까요

김사인(1956~)
1982년 〈시와 경제〉의 창간동인으로 참여하며 작품활동을
시작했다. 시집으로 《밤에 쓰는 편지》, 《가만히 좋아하는》
등이 있다.

지나간 날과 다가올 죽음, 빚쟁이처럼 잊지 않고 찾아
오는 오늘의 삶 가운데 무엇이 가장 무서웠을까. 모든
것이 다 가장 무서웠을 것이다. 시는 무서움이 통음痛歈
으로, 그리고 죽음으로 이어진 사정을 내비칠 뿐 이유
는 말하지 않는다. 알면 저렇게 무서우랴. 안다 한들 무
섭지 않으랴.

그는 작품 말미에 그려진 대로 애잔하고 여리고 아
름다운 것들을 사랑했던 것 같다. 쇠약해진 영혼에게
는 사랑조차 자주 견뎌야 할 것이 된다. 그에게 죄다운
죄는 없었을 것이다. 하지만 벌 받았다고밖에는 말할
도리가 없는 삶을 죄라는 관념을 빌리지 않고 설명할
수 있을까.

세상 떠난 사람의 목소리와 뒤에 남아 쓰는 사람의
목소리가 마지막 넉 줄에서는 잘 구분되지 않는다. 그

래서일까, 어쩐지 두 분의 시를 한꺼번에 소개하고 있
다는 느낌이 든다.

다리 저는 사람

김기택

꼿꼿하게 걷는 수많은 사람들 사이에서
그는 춤추는 사람처럼 보였다.
한걸음 옮길 때마다
그는 앉았다 일어서듯 다리를 구부렸고
그때마다 윗몸은 반쯤 쓰러졌다 일어났다.
그 요란하고 기이한 걸음을
지하철 역사가 적막해지도록 조용하게 걸었다.
어깨에 매달린 가방도
함께 소리 죽여 힘차게 흔들렸다.
못 걷는 다리 하나를 위하여
온몸이 다리가 되어 흔들어주고 있었다.
사람들은 모두 기둥이 되어 우람하게 서 있는데
그 빽빽한 기둥 사이를
그만 홀로 팔랑팔랑 지나가고 있었다.

김기택(1957~)
1989년 〈한국일보〉 신춘문예로 등단했다. 시집으로 《태아의 잠》, 《바늘구멍 속의 폭풍》, 《사무원》, 《소》, 《껌》, 《갈라진다 갈라진다》가 있다.

시는 다리 저는 사람의 요란하되 소리 없는 걸음걸이를 춤으로, 기이하다 싶을 정도로 생동감 있게 그린다. 불편한 다리와 온몸이라는 다리의 협력관계를 잡아내는 시인의 눈썰미는 대단하다.

불편한 걸음 하나가 어째서 멀쩡한 걸음들을 일거에 얽어붙게 만드는 걸까. 낯선 것이 던지는 충격 때문이겠지만, 알고 보면 세상에 성한 몸은 없다는 사실과도 관련이 있을 것 같다.

몸의 보이는 곳과 안 보이는 곳에 우리는 저마다 환부를 가지고 있다. 장애와 통증은 크건 작건 간에 몸 전체를 붙들고 흔들고 절뚝이게 한다. 마음도 몸의 일부라고 보면 사정은 더 심각할 것이다.

저는 사람의 팔랑거리는 걸음걸이는 우리 자신의 장애를 비춰 준다. 우리는 우리의 환부와 만난 쇼크로 모르는 새 걸음을 멈추기도 한다.

유형

문태준

오늘날에도 유형流刑이라는 형벌을 시행하는 국가가
있다면

나는 그 나라에 가 죄를 짓고 살고 싶다

12월당원처럼 강제로 먼 곳 극지로 내몰릴 때, 국가여

부디 나를 풀잎 속에 가두어 주소서

벌레 속에 가두어주소서

바위 속에 가두어주소서

어느 누구도 전생에든 후생에든 풀잎과 벌레와 바위
의 몸을 받기를 원하지는 않으리

오만하고 값싸고 변덕스런 국가여

그대가 생각하는 극형으로

나를 선처해다오

문태준(1970~)
1994년 〈문예중앙〉으로 등단했다. 시집으로 《수런거리는 뒤란》, 《맨발》, 《가재미》, 《그늘의 발달》, 《먼 곳》이 있다.

거짓말 같지만 오늘날에도 모든 나라들이 유형을 시행한다. 자본주의 국가는 개인을 자유 없는 자유 속에, 죽음 없는 죽음 속에 유배시킨다. 우리는 매일같이 인간을 살려주지만 결코 완전히 살려놓지는 않는 그곳에서, 죄 짓고 살거나 없는 죄를 지고 태어나 있다.

　12월당원들이 시베리아로 내몰렸던 사실을 빌려 우리는 우리의 "국가"를, 구성원 대다수가 남북 양극으로 몰린 어느 가혹한 행성에 비유해볼 수 있을 것이다.

　시인이 풀잎과 벌레와 바위의 처지를 결연히 선택하자, 텅 빈 윤회설의 내부에서 어떤 저항의 태세가 솟아난다. 저 거듭 쓰인 높임표현에서, "극형"을 "선처"로 비트는 인식에서 그의 무욕의 언어가 격통과 번민의 표현이었음을 알게 된다.

고요로의 초대

조정권

잔디는 그냥 밟고 마당으로 들어오세요 열쇠는 현관
문 손잡이 위쪽

담쟁이넝쿨로 덮인 돌벽 틈새를 더듬어 보시구요 키
를 꽂기 전 조그맣게 노크하셔야 합니다 적막이 옷매
무새라도 고치고 마중 나올 수 있게

대접할 만한 건 없지만 벽난로 옆을 보면

오랫동안 사용하지 않은 장작이 보일 거예요 그 옆
에는

낡았지만 아주 오래된 흔들의자

찬장에는 옛 그리스 문양이 새겨진 그릇들

달빛과 먼지와 모기들이 소찬을 벌인 지도 오래되었
답니다

방마다 문을, 커튼을, 창을 활짝 열어젖히고

쉬세요 쉬세요 쉬세요 이 집에서는 바람에 날려 온
가랑잎도 손님이랍니다

많은 집에 초대를 해 봤지만 나는

문간에 서 있는 나를

하인下人처럼 정중하게 마중 나가는 것이다

안녕하세요 안으로 들어오십시오

그 무거운 머리는 이리 주시고요

그 헐벗은 두 손도

조정권(1949~)
1970년 〈현대시학〉에 〈흑판〉을 발표하면서 등단했다. 시집
으로 《산정묘지》, 《얼음들의 거주지》, 《신성한 숲》, 《고요로
의 초대》 등이 있다.

열쇠로 문을 열고 들어가는 이가 초대받은 사람일 리 없으니 초대한 이도 초대받은 이도 한 사람이다. 제가 저를 초대하는 분열의 형식.

그런데 이곳은 뭐하는 곳인가. 쉬는 곳이다. 일터와 생활의 압력이 꿈속까지 엄습해오는 나날의 삶에서 집은 번번이 휴식을 위한 장소이기를 그친다. 우리가 쉬는 것처럼 쉬는 것은 가장과 직원과 친목계원으로서가 아니라 손님으로서이다. 가랑잎처럼 일 없는 사람, 낯선 곳의 방문자이자 온갖 세속적 연관에서 놓여난 일인 존재가 될 때이다.

자기가 자기의 하인이 되어, 헐벗은 자기를 한 번쯤 주인처럼 모셔드리고 싶은 마음이 누구에겐들 없을까. "쉬세요"의 다정스러운 세 번 반복에 불현듯 가슴이 떨리는 것도 그런 까닭에서일 것이다.

울림

병원

윤동주

살구나무 그늘로 얼굴을 가리고, 병원 뒤뜰에 누워, 젊은 여자가 흰옷 아래로 하얀 다리를 드러내 놓고 일광욕을 한다. 한나절이 기울도록 가슴을 앓는다는 이 여자를 찾아오는 이, 나비 한 마리도 없다. 슬프지도 않은 살구나무 가지에는 바람조차 없다.

나도 모를 아픔을 오래 참다 처음으로 이곳에 찾아왔다. 그러나 나의 늙은 의사는 젊은이의 병을 모른다. 나한테는 병이 없다고 한다. 이 지나친 시련, 이 지나친 피로, 나는 성내서는 안 된다.

여자는 자리에서 일어나 옷깃을 여미고 화단에서 금잔화 한 포기를 따 가슴에 꽂고 병실 안으로 사라진다. 나는 그 여자의 건강이 — 아니 내 건강도 속히 회복되기를 바라며 그가 누웠던 자리에 누워본다.

윤동주(1917~1945)

1917년 만주 북간도에서 태어났다. 1941년 서울 연희전문학
교를 졸업하고, 일본에서 유학했다. 귀향을 앞두고 항일운
동 혐의로 일본경찰에 체포되어 형무소 수감 중 생을 마쳤
다. 《하늘과 바람과 별과 시》 등의 유고시집이 있다.

폐 앓는 사람과 의사와 마음 아픈 사람이 등장하는 이
작은 알레고리는 나라 잃은 시대의 어둠을 견뎌야 했
던 순결한 영혼의 임상보고이다. 아프지만 병이 없다
는 진단을 받은 끝에, 아픈 여자를 젖은 눈으로 보며
이 인물은 또 하염없이 아프다. 모르는 남의 건강을 빌
려다가 그것이 주제넘은 짓이라 여겨져, 서둘러 제 건
강을 빌고 있는 그의 황망한 모습을 보고 있자니, 읽는
마음조차 황망하여 옷깃을 여미게 된다.

두 아픔은 만나지 못하지만, 그가 그녀의 자리에 누
움으로써 결국 하나가 되어 같이 앓는다. 이런 그의 모
습에서, 기독교도였던 청년 윤동주에게서, 중생이 병들
었기에 자신도 병들었다던 유마힐維摩詰의 모습이 떠오
르는 것이 왜 조금도 이상하지 않을까.

사마천司馬遷

박경리

그대는 사랑의 기억도 없을 것이다
긴 낮 긴 밤을
멀미같이 시간을 앓았을 것이다
천형 때문에 홀로 앉아
글을 썼던 사람
육체를 거세당하고
인생을 거세당하고
엉덩이 하나 놓을 자리 의지하며
그대는 진실을 기록하려 했는가

박경리(1926~2008)
1955년 〈현대문학〉에 단편소설 〈계산〉을 발표하면서 작품
활동을 시작했다. 시집으로는 《못 떠나는 배》, 《도시의 고양
이들》, 《우리들의 시간》 등이 있다.

형刑을 당한 것이 장년에 이르러서인데, 시는 어째서 그에게 사랑의 기억이 없었으리라 말하는 것일까. 그녀가 그의 몸에 내린 저주를 제 것같이 연민했음이리라. 거세당한 몸에게 사랑의 기억보다 더 큰 절망이 있었을까. 하지만 그 몸을 일으켜 세운 힘 또한 그것이었을 것이다. 그녀가 그에게서, 그리고 악창을 벗고 일어선 욥에게서 희망을 구할 때 그러했듯이.

다시 사랑할 수 없는 몸이 되었을 때, 그래서 다시는 사랑을 잊을 수 없는 몸이 되었을 때, 무언가 다른 것이 시작되었다. 한 남자는 홀로 앉아 오줌을 지리며 죽간에 새겼고, 한 여자는 가슴 하나를 암에 바치고 붕대를 동인 채 종이에 썼다. 잊을 수 없는 몸이 결국 역사가 되고 역사소설이 되지 않았던가.

그들이 붓으로 살려 낸 인간의 얼굴들을 헤아리다보면, 사랑의 기억은 사랑의 현재이고 미래인 것만 같다. 우리는 모두 사마천과 박경리의 "진실" 안에 살고 있다. 역사 속으로, 역사소설 속으로 들어가지 않고 우리가 달리 어디로 갈 것인가.

묘비명 墓碑銘

김광규

한 줄의 시는커녕
단 한 권의 소설도 읽은 바 없이
그는 한평생을 행복하게 살며
많은 돈을 벌었고
높은 자리에 올라
이처럼 훌륭한 비석을 남겼다
그리고 어느 유명한 문인이
그를 기리는 묘비명을 여기에 썼다
비록 이 세상이 잿더미가 된다 해도
불의 뜨거움 굳굳이 견디며
이 묘비는 살아남아
귀중한 사료가 될 것이니
역사는 도대체 무엇을 기록하며
시인은 어디에 무덤을 남길 것이냐

김광규(1941~)
1975년 〈문학과지성〉을 통해 등단했다. 시집으로 《반달곰에
게》, 《아니다 그렇지 않다》, 《희미한 옛사랑의 그림자》, 《물
길》, 《하루 또 하루》 등이 있다.

시도 소설도 읽지 않고 행복하게 사는 사람을 여럿 보
았다. 그러고도 큰 부자에 높은 권력자인 사람은 드물
게 보았다. 그중 한 사람을 안다. 그의 눈빛을 보고 알
고, 말을 듣고 알고, 행동을 봐서 안다. 그는 사람이 그
저 사람 말을 듣는 데도 괴력이 필요함을 알게 해주었
고, 골방의 문인들을 거리로 뛰쳐나오게 만들었고, 제
무덤도 제 돈으로는 짓지 않을 터이니 어떤 무명작가
도 그의 비碑에 붓을 빌려주지 않을 것이다.

천한 것이 언제나 더 세게 욕망한다. 역사는 아무
것이나 다 기록하지 않는다. 시인에게는 무덤이 필요
없다.

옛날의 행운
― 김성윤 군의 회상

정현종

젊은 시절에요
아무것도 없었는데
걱정도 없었고
두려움도 없었어요.
친구들도 그렇고
선생님들도 그렇고
무엇보다도
마음이 있었어요.
그걸 내놓고
먹으라고
먹으라고 했어요.
참 행운이었어요.

정현종(1939~)
1965년 〈현대문학〉에 〈여름과 겨울의 노래〉를 발표하며 등단했다. 시집으로 《사물의 꿈》,《사랑할 시간이 많지 않다》, 《한 꽃송이》,《세상의 나무들》 등이 있다.

정말 저런 시절이 있었던 것 같다. 없는 것밖에 없는 것 같은데도 무언가가 있었다. 그래서 젊은 날을 무탈하진 않았어도 무사히 지나올 수 있었던 거다. 이 시는 그 무언가를 "마음"이라 부른다.

하지만 오늘의 젊음은 모질게 노력해 갖추어도 한 발 내디딜 곳이 마땅찮고, 우리 모두는 무엇이 죽이러 오는지 모르면서도 공포에 질린 짐승처럼 쫓기며 살고 있지 않은가. 안 보이는데도 한 잔 술처럼, 두툼한 파전처럼 나누어 먹을 수 있던 것. 먹다보면 또 어떻게든 힘내어 다시 살아갈 수 있게 해주던, 그것이 보이지 않는다. '어떻게든'이 보이지 않는다.

늘 제멋대로인 체제를 문제 삼지 않고 친구와 동료들과 겨루기 바쁜 우리가 저 "마음"이라는 것에 다시 도달할 수 있을까.

겨울 햇살 아래서

– 갑숙에게

황인숙

철 모르고 핀 들풀꽃과
미처 겨울잠에 들지 못한 철없는 꿀벌이
겨울 햇살 아래서 만나는 경우가
드물게 있다고 한다

우리한테 미래는 없잖아요? 그렇잖아요?
그런 대화를 나누면서도 그들은
미래에 대해 곰곰
생각하는 얼굴일 것이다
겨울 햇살 아래서.

황인숙(1958~)
1984년 〈경향신문〉 신춘문예에 〈나는 고양이로 태어나리
라〉가 당선되면서 등단했다. 시집으로 《새는 하늘을 자유
롭게 풀어 놓고》, 《우리는 철새처럼 만났다》, 《나의 침울한,
소중한 이여》, 《자명한 산책》 등이 있다.

해가 기울어서야 골인 지점에 나타난 장애인 마라토
너처럼 늦은 인연들은 우리를 뭉클하게 한다. 계절을
몰랐다고 철이 없지는 않았을 것이다. 늦은 것엔 다 사
연이 있다. 겨울 들풀꽃과 꿀벌의 만남은 드물지 몰라
도 요즘 주변엔 늦은 연인들이 참 많다. 그래서 다행하
다. 아직 늦지 않았다고 생각한다면 씩씩하고 늦었음
을 알면 겸허하지 않으랴.

　겨울은 길고 햇살은 그치지 않으리니, 세상의 수많
은 들풀꽃과 꿀벌들이 제 운명의 아이러니 속을 더욱
철없이 걸어서, 따스한 사랑의 미래에 가 닿았으면 좋
겠다. 늦게야 '갑돌'씨를 만나게 되었을 "갑숙"씨에게
축하를. 짝짝짝. 참 잘되었어요. 참 잘 늦으셨어요.

가난한 사랑노래

신경림

가난하다고 해서 외로움을 모르겠는가
너와 헤어져 돌아오는
눈 쌓인 골목길에 새파랗게 달빛이 쏟아지는데.
가난하다고 해서 두려움이 없겠는가
두 점을 치는 소리
방범대원의 호각소리 메밀묵 사려 소리에
눈을 뜨면 멀리 육중한 기계 굴러가는 소리.
가난하다고 해서 그리움을 버렸겠는가
어머님 보고 싶소 수없이 뇌어보지만
집 뒤 감나무에 까치밥으로 하나 남았을
새빨간 감 바람소리도 그려보지만.
가난하다고 해서 사랑을 모르겠는가
내 볼에 와 닿던 네 입술의 뜨거움
사랑한다고 사랑한다고 속삭이던 네 숨결
돌아서는 내 등 뒤에 터지던 네 울음.
가난하다고 해서 왜 모르겠는가

가난하기 때문에 이것들을

이 모든 것들을 버려야 한다는 것을.

신경림(1936~)
1955년 〈문학예술〉에 〈낮달〉을 발표하며 등단했다. 시집으
로 《농무》, 《새재》, 《가난한 사랑노래》, 《민요기행 1·2》,
《뿔》, 《낙타》 등이 있다.

외로움, 두려움, 그리움, 사랑을 버리는 것이 그저 가난 때문이라면 차라리 덜 아프겠다. 처음에 그는 가난한 젊은이였으리라. 그러다간 가난이 개인의 무능 때문만이 아니라 사회적 불평등의 탓이기도 함을 알게 된, 그리고 그것을 시정하려 하는 젊은이가 되었으리라.

그는 가난해서, 가난한 운동가여서 제 인간적 감정들을 다 지고 갈 수가 없다. 그래서는 싸울 수가 없다. 때문에 그는 외로움과 두려움을 억누르려 한다. 고향의 늙은 어머니를, 울음을 터뜨리는 연인을 등 뒤에 남겨두려 한다. 그는 저 혼자 다치려 하는 선하고 캄캄한 젊은이다.

모든 것을 버려야 겨우 한 걸음 내디딜 가망이 서는 그의 삶은, 결국 그의 시대가 뜨거운 심장을 가진 이에게 사랑과 공동체에의 헌신 모두를 허용하지 않은 시대였음을 알려준다.

공터

최승호

아마 무너뜨릴 수 없는 고요가
공터를 지배하는 왕일 것이다
빈 듯하면서도 공터는
늘 무엇인가로 가득 차 있다
공터에 자는 바람, 붐비는 바람,
때때로 바람은
솜털에 싸인 풀씨들을 던져
공터에 꽃을 피운다
그들의 늙고 시듦에
공터는 말이 없다
있는 흙을 베풀어 주고
그들이 지나가는 것을 무심히 바라볼 뿐
밝은 날
공터를 지나가는 도마뱀
스쳐가는 새가 발자국을 남긴다 해도
그렇게 오래 가지는 않을 것이다

하늘의 빗방울에 자리를 바꾸는 모래들,
공터는 흔적을 지우고 있다
아마 흔적을 남기지 않는 고요가
공터를 지배하는 왕일 것이다

최승호(1954~)
1977년 〈현대시학〉에 〈비발디〉를 발표하며 등단했다. 시집
으로 《대설주의보》, 《세속도시의 즐거움》, 《그로테스크》,
《모래인간》, 《고비》, 《아메바》 등이 있다.

나직한 가운데 사방으로 뻗어나가 독보하는 정관靜觀의 힘이 느껴진다. 옛날에 나는 이것에서 질시나 좌절보다는 존경을 느꼈었다. 이런 시는 어떻게 나오나, 하고.

무심한 듯 세심한 시인의 눈이 모래알의 움직임을 살피고, 보이지도 않는 바람들을 불러온다. 꽃이 피고 도마뱀은 기고, 새들은 왔다가는 간다. 빈 듯하나 생명으로 일렁대는 공터는 우리가 머문 이 세계의 다른 이름일 터이다. 하지만 생명은 일었다가는 지고, 사물들은 끝내 입을 다문다. 공터는 역시 빈 곳이다.

그런데 빈 것은 없는 것인데도 이곳을 다스리는 존재가 있다고, 그것이 "고요"라고 시인은 말한다. 고요는 무상無常의 제왕이다. 시인의 눈은 이렇게 안 보이는 것도 보고 더 안 보이는 것도 본다. '법法'이라 하든 '도道'라 하든 형언하면 사라져버리는, 고요라고밖에 달리 말하기 어려운 공空한 것이 만상의 배후에 서 있다.

고요로 열고 고요로 닫는 스무 줄짜리 우주.

반성 16

김영승

술에 취하여
나는 수첩에다가 뭐라고 써 놓았다.
술이 깨니까
나는 그 글씨를 알아볼 수가 없었다.
세 병쯤 소주를 마시니까
다시는 술마시지 말자
고 써 있는 그 글씨가 보였다

반성 21

친구들이 나한테 모두 한마디씩 했다. 너는 이제 폐
인이라고
규영이가 말했다. 너는 바보가 되었다고
준행이가 말했다. 네 얘기를 누가 믿을 수
있느냐고 현이가 말했다. 넌 다시
할 수 있다고 승기가 말했다.

모두들 한 일년 술을 끊으면 혹시
사람이 될 수 있을 거라고 말했다.
술 먹자,
눈 온다, 삼용이가 말했다.

김영승(1959~)
1986년 〈세계의 문학〉에 〈반성·서(序)〉를 발표하며 등단했
다. 시집으로 《반성》, 《취객》, 《아름다운 폐인》, 《무소유보
다 더 찬란한 극빈》 등이 있다.

인간의 음료 중에 술만큼 쓴 건 없다. 술은 독이니까. 이 쓴 걸 왜 마시나. 다른 걸로는 풀리지 않는 어떤 갈증이 있다고 할밖에. 백수의 사색, 백수의 반성, 즉 '백수의 탄식'이 그를 술 마시게 한다. 도대체 백수가 왜 반성'씩'이나 해야 하느냐고 묻지는 말자. 모든 것을 포기한 불굴의 의지가 일어나 홀연 소주병을 따게 되는 밤은 누구에게나 닥칠 수 있다.

그는 저 통렬한 자기 풍자에 기대어, 처연한 킬킬거림 속에서 한 시대의 비루함을 꿰뚫기도 하고 어루만져주기도 하였다. 술독에 빠져서도 술을 찾는 이유를 똑똑한 머리로는 결코 이해할 수 없다. "술 먹자,/ 눈 온다"… 우리의 젊은 날은 저 대책 없는 목소리에 의해 대책 없이 위로받았다.

그런데… 백수계의 전설이 된 이 '아름다운 폐인'을, 인천의 어느 상가喪家에서 지난 달 우연히 만났다. 술 끊은 지 십 년이 되어간다고 했다. 대단하다고, 하지만 어쩐지 좀 슬프다고, 나는 속으로 중얼거렸다.

소금인형

류시화

바다의 깊이를 재기 위해
바다로 내려간
소금 인형처럼
당신의 깊이를 재기 위해
당신의 피 속으로
뛰어든
나는
소금 인형처럼
흔적도 없이
녹아 버렸네

류시화(1958～)
1980년 〈한국일보〉 신춘문예에 〈아침〉이 당선되면서 작품
활동을 시작했다. 시집으로 《그대가 곁에 있어도 나는 그대
가 그립다》, 《외눈박이 물고기의 사랑》, 《나의 상처는 돌,
너의 상처는 꽃》 등이 있다.

많지도 어렵지도 않은 말들 중에 저 '재다'라는 동사에 주목해보시길. 잰다는 건 머리로 파악해 안다는 것. 재고 견주지 않고 살아가는 사람은 없지요. 그래선 도대체 살아남을 수가 없으니까. 우리 모두는 수학능력과 업무능력을 소수점 이하까지 재며, 고통과 행복을, 무엇보다도 사랑까지도 욕망과 불안의 자로 계량하며 살지요. 그렇게 살고 말기엔 이 생이 너무 아깝다고, 어떠한 타산도 사랑의 위대한 힘 앞에선 불가항력적으로 녹아 없어져버린다고 이 시는 말합니다.

누가 저 허황된 말에 귀 기울이겠습니까. 저런 생각을 가져서는 안 된다는 걸 물론 잘 알고 있습니다. 알고 있습니다만, 왠지 불가항력적으로… 자꾸 "피 속으로" 뛰어들고 싶어져요. 바보 시인의 바보 같은 말을 다른 바보가 전해 드리는 '시가 있는 아침'.

심청 누님

김명인

입 하나 덜려고, 동생들 학비 보태려고
식모살이며, 가발공장에, 방직기 앞으로 달려갔던
그때 누님들 어떻게들 지내시나, 무얼 하며 사시나
마주앉은 심청 하나는 어느 새 일흔
흘러넘치는 눈꺼풀이 시야를 다 가렸는데
사촌 누님은, 그래도 그때가 정겨웠다고
세상없이 씩씩했었다고,
독거가 인당수처럼 입 벌린
저 구부정한 안방 속으로
절뚝거리며 건너가야 할 남은 세월은, 어쩌자고!

김명인(1946~)
1973년 〈중앙일보〉 신춘문예에 〈출항제〉가 당선되면서 등
단했다. 시집으로 《동두천》, 《머나먼 곳 스와니》, 《물 건너
는 사람》, 《파문》, 《꽃차례》 등이 있다.

정말이지 옛날의 끝순이 말숙이 이모들은, 후남이 종녀 고모들은 다 어디 계시나. 밥하고 물 긷고 동생들 차례로 업어 키워도 잘 해야 살림 밑천에 대개는 천덕꾸러기 대접이던, 누님들 어떻게 지내시나. 국졸의 학력으로 서울 부산 인천으로 떠나 미싱 보조, '차장 아가씨', 가발공장 여공으로 긴 세월 모질게 건넜겠지. YH의 김경숙, 최순영도 그들 중 하나였겠지.

남동생은 진학을 하고 외양간엔 송아지가 들어앉고 한강엔 기적이 일어났는데, 그래서 일흔 살 누님은 그 시절이 정겹고 힘났다는데, 몸 던진 인당수에서 돌아와서는 또 인당수라니! 누님 덕에 까막눈 면한 아우들 어디 갔나. 누님 눈이 어두워지려 하는데, 눈 뜬 장님들 다 어디 갔나.

수조 앞에서

송경동

아이 성화에 못 이겨
청계천 시장에서 데려온 스무 마리 열대어가
이틀 만에 열두 마리로 줄어 있다
저들끼리 새로운 관계를 만드는 과정에서
죽임을 당하거나 먹힌 것이라 한다

관계라니,
살아남은 것들만 남은 수조 안이 평화롭다
난 이 투명한 세상을 견딜 수 없다

송경동(1967~)
2001년 〈실천문학〉에 시를 발표하며 등단했다. 시집으로
《꿀잠》, 《사소한 물음들에 답함》 등이 있다.

강한 생각과 끓는 감정을 품고도 버티어내는 담담한 말은 더 강한 말이다. 이 시의 말들은 화장을 벗겨낸 우리 삶의 민낯이 킬링필드라는 난감한 진실을, 그걸 그저 두고 볼 수는 없다는 의지를 담고도 흐트러짐이 없다.

싸움을 사랑과 평화라 굳게 믿는 그는 감옥을 나와 또 '현장'에 있다. 목발을 짚고 걷는다고 한다. 이런 말들이 들려올 때, 나는 내가 성한 다리로 절고 있다는 생각을 지울 수 없다. 그는 과격하지 않다. 과격한 건 저 투명한 "관계"다. 저것은 관계가 아니다.

터진 목 사람들
– 황현산 형 이야기

최동호

    목포 터진 골목 혹시 기억하지 최형. 오거리 지나서 거기 말이야 일당 벌어먹고 사는 막판 노동자들이 마지막으로 봉지쌀 사가는 언덕길 동네가 있잖아. 거기가 땀 냄새 밴 하루를 막걸리 소주로 죽이고 가는 술집 작부들 후진 동네였지.

    그 동네 어떤 과부 늦둥이 아들이 전국 제일의 국립대학교에 들어가 버린 거야. 머저리들 천지인 골목에 돼지 머리에 나팔 부는 경사가 터져버렸어. 그 과부 동네 어른들은 물론 계집애들의 부러운 대상이었지. 그런데 그놈이 대학에 잘 들어간 다음 운동권에 가담했다는 소문 돌더니 월남 전투병 자원해 갔다가 어느 날 연락이 끊기고 사망 전보 날아오자 그 과부 에미 실신해부렀지.

    며칠 후 깨어나 비실비실하더니 갑자기 신이 내려 골목동네 사람들 길흉대소사를 여지없이 꿰뚫어 맞히는 거야. 신통하다는 소문이 뒷골목을 휘도는 가파른 입을 통해 퍼져나가고 안장산 언덕에 아들 위해 치성한다고 절까지 세우고 난리쳤는데 그 신통력이 딱 오 년 동안이었던 거야.

터진 목 사람들 밑바닥에서 뼈가 휘게들 살았었는데 하늘의 축복이 저주로 돌변했다가 신통력이 뻗쳐 절간까지도 흥청거리게 하더니 그 흔적마저도 사라져버린다는 게 영 믿기지 않아, 지금 생각해 보면 혹여 죽은 아들이 내려와 불쌍한 과부 에미 실성기나 풀어주고 간 거 아니었는가 혀.

최동호(1948~)
1979년 〈중앙일보〉 신춘문예에 〈꽃, 그 시적 형상의 구조와 미학〉이 당선되어 평론 활동을 시작했다. 시집으로는 《황사바람》, 《아침 책상》, 《불꽃 비단벌레》 등이 있다.

시는 별다른 감정을 섞지 않고 들은 얘길 전하는 목소리로, '개천에서 난 용'이 세상 풍파에 부딪혀 쓰러져 간 과정을 속기한다. 이어서 환희의 주인이었다가 절망의 당사자가 된 그 어미에게 닥친 변화를 들려준다.

실성이 신통력으로 바뀌는 과정에 믿기도 안 믿기도 어려운 무속의 접신현상이 들어 있다. 이것을 신비체험으로 들어 올리지 않고 비근하되 절절한 사람살이의 사례로 낮추어 말한 데 이 시의 시다움이 있다. 무속의 신은 절대자도 고차원적 존재도 아닌 것이다. 그것은 대개 이제 죽은 사람과 과거에 죽은 사람의 넋이다. 또는 한사코 죽음을 받아들이려 하지 않는 산 자의 원념이 투사된 존재에 가깝다.

그 어미의 정신이 나갔다가 들어온 5년 세월은, 그녀가 아들을 떠나보내는 데 걸린 지상의 시간에 다름 아니다. 시는 그걸 죽은 아들이 어미의 슬픔을 다 어루만지는 데 걸린 시간이라 말한다. 이렇게 하여 사람은 다시 살아가게 되고, 시는 또 사람 사는 이야기와 몸 섞으며 흘러간다.

물맛

장석남

물맛을 차차 알아간다
영원으로 이어지는
맨발인,

다 싫고 냉수나 한 사발 마시고 싶은 때
잦다

오르막 끝나 땀 훔치고 이제
내리닫이, 그 언덕 보리밭 바람 같은,

손뼉 치며 감탄할 것 없이 그저
속에서 훤칠하게 뚜벅뚜벅 걸어나오는,
그 걸음걸이

내 것으로도 몰래 익혀서

아직 만나지 않은, 사랑에도 죽음에도

써먹어야 할

흰칠한

물맛

장석남(1965~)
1987년 〈경향신문〉 신춘문예에 〈맨발로 걷기〉가 당선되어
등단했다. 시집으로 《새떼들에게로의 망명》, 《왼쪽 가슴 아
래께에 온 통증》, 《뺨에 서쪽을 빛내다》, 《고요는 도망가지
말아라》 등이 있다.

여름 한낮, 밭에서 돌아와 찬물 한 대접 비우고, 시원하게 숨을 내쉬며 어머니는 말씀하셨지. "세상에서 물이 제일로 맛있다." 냉수를 들이켜면 입안에 고이는, 무어라 형용하기 어려운 그 맛.

물 내려간 몸 깊은 곳에서 올라온 텅 빈 생기가, 맨발과 걸음걸이와 바람의 메타포를 딛고 인생 후반의 서늘한 보리 언덕을 내려간다. 사랑에게도 죽음에게도 꼭 이 생기를 전해주리라. 그러면 그 너머에 영원도 어른거리겠지. 벗고 비운 "훤칠한" 마음 없으면 후반전은 고전하고말고. 이 물맛, 살 맛 난다.

실내악

안현미

봄이 오는 쪽으로 빨래를 널어둔다
살림, 이라는 말을 풍선껌처럼 불어본다
옛날에 나는 까만 겨울이었지
산동네에서 살던, 고아는 아니었지만 고아 같았던
실패하고 얼어 죽기엔 충분한
그런 무서운 말들도 봄이 오는 쪽으로 널어둔다
음악이 흐른다 빨래가 마른다
옛날에 옛날에 나는 엄마를 쪽쪽 빨아먹었지
미모사 향기가 나던 연두, 라는 말을 아끼던
가볍고 환해지기엔 충분한
살림, 이라는 말을 빨고 빨고 또 빨아
봄이 오는 쪽으로 널어두던

안현미(1972~)
2001년 〈문학동네〉로 등단했다. 시집으로 《곰곰》, 《이별의
재구성》이 있다.

고아와 '고아 같은' 사이에 큰 차이는 없을 것이다. 고아라고 느끼는 동안은 누구나 고아니까. 옛날엔 그래서 무서웠지. 돌아보면 인생은 참 아슬아슬했다. 어마어마한 짐승이 커다란 입을 벌렸을지도 모를 후미진 골목들을 어찌어찌 무사히 지나왔다. 그래서 그녀는 옥상에 빨래를 깨끗이 널어두는 한나절의 여유에 도달한 것 같다. 오늘은 풍선처럼 부풀어 살림을 사는 날. 무서웠던 말들이, 추웠던 삶의 시간들이 음악에 젖는 동안 빨래는 말라간다.

봄은 어디에서 오는가. 남쪽인가. 모른다. 몰라도 오고 말 그쪽으로, 옛날에 그녀의 어머니가 그러했듯 어딘가 살림이 설어 보이는 딸이 또 희망을 빨아 넌다. 살림을 널어야지 말만 널면 어쩌니, 엄마는 또 싫지 않은 타박을 하겠지. 그렇건 말건 바로 널건 뒤집어 널건, 멍들어 푸릇푸릇한 빨래들은 기어코 또 환하게 마르겠지.

지상

황학주

여기는 이상하다 이상하게
한 사람씩 온다
다시 올 일 있을까 싶다

나란히 신발 벗을 때는
모르지만

이상하다 이상하게
한 사람씩 나간다
모텔 같다

여기는 물감냄새가 난다는 게 문제지
사랑만 필요했던
연인들이
믿을 수 있는 거의 유일한 곳

시간의 종업원이 똑똑똑 노크를 하거나
전화벨을 울려주기까지 하는 곳

슬픈 것은 사랑을 보는 모텔 주인의 생각이며
거기서 나온 인테리어 솜씨일 뿐
이상하고 또 이상해도
여기서 서화를 그릴 수밖에 없다

어느 날 나는 가고
당신은 오는 것을 잊는다 해도

황학주(1954~)
1987년 시집 《사람》으로 작품활동을 시작했다. 시집으로
《노랑꼬리 연》, 《저녁의 연인들》, 《모월모일의 별자리》 등
이 있다.

모르고 여기 왔기에 왜 왔는지를 스스로 알아내야 하는 것이 삶인지도 모르겠다. 지상을 집이 아니라 모텔에 비유함으로써 이 시는 그 이유를 "사랑"이라고 강조한다.

집의 나날에서 다 버리고 사랑만 남긴 것이 모텔의 시간이다. 따로 왔다가 따로 갈 수밖에 없는 그 사이, 지상의 모텔에서 또는 모텔 같은 지상에서 당신과 나는 사랑한다. 사랑의 기쁜 숨과 슬픈 눈물과 몸 비린내. 그러다 울고 웃는 어느 날 퇴실을 알리는 신호가 와도 슬픔은 인간의 것이 아니라고 시는 말한다.

그것은 만들고 꾸며놓고, 당신과 나를 여기 보낸 이의 것이라고 한다. 과연 슬프지 않을까. 나는, 슬플 것 같다. 하지만 결국엔 고개를 끄덕이게 된다. 우리가 할 일은 돌아갈 집이 어딘지 모른 채로 지상의 어느 모텔에서 몸과 마음으로 사랑의 그림을 그리는 일일 뿐.

기차를 기다리며

백무산

새마을호는 아주 빨리 온다
무궁화호도 빨리 온다
통일호는 늦게 온다
비둘기호는 더 늦게 온다

새마을호 무궁화호는 호화 도시역만 선다
통일호 비둘기호는 없는 사람만 탄다

새마을호는 작은 도시역을 비웃으며
통일호를 앞질러 달린다
무궁화호는 시골역을 비웃으며
비둘기호를 앞질러 달린다

통일쯤이야 연착을 하든지 말든지
평화쯤이야 오든지 말든지

백무산(1955~)
1984년 〈민중시〉에 〈지옥선〉을 발표하며 작품활동을 시작
했다. 시집으로 《만국의 노동자여》, 《인간의 시간》, 《길은
광야의 것이다》, 《그 모든 가장자리》 등이 있다.

새마을 노래 부르고 무궁화 그리러 다니던 시절이 있
었지. 노래도 열심 그림도 열심이었는데… 행복했던
것 같지는 않네. 체제가 부리는 기차는 늘 빠르고 거칠
어 정신이 없었지. 가자고, 가야 한다고만 했지 어디로,
무엇 때문에 가야 하는지는 말한 적이 없네. 급행열차
는 무언가를 자꾸 떨어뜨리고 누군가를 쉼 없이 치면
서 여기까지 왔네. 하지만 빠름은 우리가 원한 것, 통일
따위 평화 따위는 땅끝까지 쫓겨 갔네.

　21세기 급행열차는 뒤로 달린다. 어디선가 많이 본
풍경 속으로, 삼십 년 전 사십 년 전의 흑백필름 속으
로 자꾸 돌아가려 한다. 그곳에서 우리는 또 훈육되고
동원되고 배제되겠지. 때로 사납게 얻어맞기도 하겠지.
아, 이건 참 너무 괴로운 데자뷰라네.

시인은 어렵게 살아야 1

황동규

이성복 시인이 물었다.
"시인은 끈질기게 어렵게 살아야 시인이 아닐까요?
보들레르, 랭보, 두보杜甫를 보세요."
어려운 삶!
일찍이 호머는 눈이 멀어
지중해를 온통 붉은 포도주로 채웠고,
굴원屈原은 노이로제에 시달리며
양자강을 온통 흑백으로 칠했다.
저 어려운 색깔들!

"시인은 끈질기게 어렵게 살아야⋯."
말 잠시 끊고 창밖 풍경을 바라본다.
시야 한번 닫았다 여는 눈보라,
그 열림 속으로 새 하나가 맨발로 날아간다.

황동규(1938~)
1958년 〈현대문학〉에 〈시월〉을 발표하며 등단했다. 시집으로 《나는 바퀴를 보면 굴리고 싶어진다》, 《삼남에 내리는 눈》, 《미시령 큰바람》, 《버클리 풍의 사랑노래》, 《꽃의 고요》 등이 있다.

이 벌거벗은 물질의 시대에 어렵게 산다는 건 구차하고 외롭게 산다는 뜻이겠지만, 그게 다는 아닌 듯하다. 처음에 그는 말로 풀어야 할 시름이 있어 시라는 걸 쓰기 시작했을 것이다. 그러다 시를 쓰는 일 자체가 시름이 되는 이상한 길에 들어섰을 것이다.

애써 찾은 말들이 온전히 시가 되기는커녕 때로 어떤 말도 시가 되지 않는 곳에서, 그는 가난에 쫓기고 고독에 쫓기고, 무엇보다도 시에 쫓긴다. 어려워지고 싶은데 왜 잘 안 되는 걸까, 무른 정신을 몰아세운다. 언젠가는 시가 입을 열어 자신과 모두의 삶을 한 번쯤 변호해주는 날이 오길 바라서일 것이다.

이름만 들어도 으스스해지는 저 다섯 사람은 눈보라 속을 "맨발"로 걸어서 영원으로 들어갔다. 힘들지 않으면 시는 힘이 없다. 어렵지 않으면, 시는 어렵다…. 그런 것 같다.

담쟁이

도종환

저것은 벽
어쩔 수 없는 벽이라고 우리가 느낄 때
그때
담쟁이는 말없이 그 벽을 오른다
물 한 방울 없고 씨앗 한 톨 살아남을 수 없는
저것은 절망의 벽이라고 말할 때
담쟁이는 서두르지 않고 앞으로 나아간다
한 뼘이라도 꼭 여럿이 함께 손을 잡고 올라간다
푸르게 절망을 다 덮을 때까지
바로 그 절망을 잡고 놓지 않는다
저것은 넘을 수 없는 벽이라고 고개를 떨구고 있을 때
담쟁이 잎 하나는 담쟁이 잎 수천 개를 이끌고
결국 그 벽을 넘는다

도종환(1954~)
1984년 〈분단시대〉에 〈고두미 마을에서〉를 발표하며 등단
했다. 시집으로 《접시꽃 당신》, 《당신은 누구십니까》, 《부드
러운 직선》, 《흔들리며 피는 꽃》 등이 있다.

벽을 넘으면 무엇이 있나. 아무것도 없을 수도, 더 높
은 벽이 기다릴 수도 있을 것이다. 벽보다 더 숨 막히
는 황야가 버티고 섰을지도 모른다. 하지만 거기에는
잊지 못할 자유의 실감이 묻어 있을 것이다.

　어떤 이들에게 벽은 무언가를 가두는 것이겠지만, 더
많은 이들에게 그것은 넘기 위해 존재한다. 진정 갇히
는 것은 넘으려고도 하지 않을 때이므로 담쟁이는 핏줄
이 온몸으로 뻗어가듯 벽을 오르고 벽을 나아간다. 이
엄연한 사실에 한 모금의 갈증과 의지를 보태어 쓴 것
이 이 시이다.

　그런데 누군가 교과서에서 "담쟁이"를 걷어내려 한
다고 한다. 이 처연한 생각이 가두려는 자의 것인지 깊
이 갇혀버린 자의 것인지는 잘 모르겠다. 담쟁이를 치
우면 벽의 흉한 맨살이 드러날 것이다. 그것은 자해가
아닐까. 돈도 힘도 아닌 시라는 것에 들이대는 눈먼 칼.

여름날의 독서

정희성

파리 한마리 내 얼굴에 앉았다가
날아가 개똥 위에 다시 앉는다
어쩌다 골라 앉은 자리가 개똥 옆인가 싶은데
파리는 미안하다는 듯 손이 발이 되도록 비빈다
미안할 게 뭐 있는가 생각하며
신문을 보니 전아무개라는 사람은
시민들이 폭동을 일으켜서 진압했을 뿐이라 하고
노아무개는 기업인들이 성금으로 준 돈을
받아서 좋은 데 썼을 뿐이라고 법정 진술을 했다 한다
입이 찢어지게 하품을 한바탕 하고
나는 신문을 접어 두고 차라리 산성일기를 읽었다

　이십스일의 대위 ᄂ리니, 셩쳡 직흰 군시 다 젹시고 어
러 죽으니 만흐니 샹이 셰즈로 더브러 뜰 가온디 셔셔
하ᄂᆞᆯ긔 비러 골오샤디 금일 이에 니르기ᄂᆞᆫ 우리 부지 득
죄ᄒᆞ미니 일셩 군민이 므슴 죄리잇고. 텬되 우리 부ᄌᆞ의
게 화를 ᄂᆞ리오시고 원컨대 만민을 살오쇼셔

정희성(1945~)
1970년 〈동아일보〉 신춘문예에 〈변신〉을 발표하며 등단했
다. 시집으로 《답청》, 《저문 강에 삽을 씻고》, 《한 그리움이
다른 그리움에게》, 《시를 찾아서》 등이 있다.

똥을 탐하는 것이 제 본성임에도, 개똥에 더럽혀진 몸
으로 사람 얼굴을 범한 걸 파리가 미안해한다고, 시의
인물은 생각한다. 괜찮다고 말하며, 그는 사실 파리만
도 못해 보이는 누군가의 후안무치를 문제 삼는다.

　이 시는 은은히 사납다. 입이 찢어질 듯한 하품 속에
는 가당찮은 현실을 같잖게 여겨 돌아앉는 노기가 들
어 있다. 올림픽 중계에 밤잠을 설치다보면, 누구나 심
장에 민족주의라는 모터가 돌고 있다고 느낄 것 같다.
하지만 그건 좀 낡은 것이라는 생각이 들기도 한다. 전
란이 곧 역사인 나라에 나서 살지만, 같은 민족을 제일
로 괴롭히는 건 결국 같은 민족이지 않을까. 괴롭힘이
심한 나라는 약한 나라일 수밖에 없기에 외침도 잦았
을 것이다.

　늘 욕이나 먹던 임금 인조, 마음만은 왕 노릇 잘 하
고 싶었구나. 아무개 두 분과는 달랐구나.

문전성시

손세실리아

해안가 마을길에 찻집을 차린 지 달포
발길 뜸하리란 예상 뒤엎고 성업이다
좀먹어 심하게 얽은 싸리나무 탁자
마당 정중앙에 버텨 앉은 맷돌상
바다정원의 화산암 테이블
좀처럼 빌 틈 없다 만석이다
기별 없는 당신을 대신해
떼로 몰려와 종일 죽치다 가는

눈먼 보리숭어
귀 밝은 방게
아기 보말
남방노랑나비

손세실리아(1963~)
2001년 〈사람의 문학〉으로 등단했다. 시집으로 《기차를 놓
치다》가 있다.

당신이 여기 없는, 견디기 어려운 고독의 시간을 시는
어떻게 견디나. 눈을 갈아 끼우고 현실을 비틀고 바꾸
며 견딘다.

　다른 눈으로 보면, 당신 없는 세상은 당신 아닌 것들
로 가득 차 있다. 그래서 시인은 빈 탁자 빈 맷돌상 빈
테이블이 홀연 만석이 되는 또 하나의 현실 속으로 마
음의 거처를 옮겨보는 것. 완전 '파리 날리는' 폐업 수
준의 영업이 이렇게 문전성시로 바뀌는 순간이 시의
순간이라고 해야겠다. 이 시에선 보리숭어 방게 따위,
보말이랑 남방노랑나비의 야단법석이 기별 없는 당신
을 힘껏 대신한다. 당신 아닌 모든 것들이 어느 결에
다 당신이 된다.

　소망스러운 무언가가 지금 여기에 없을 때 시는 태어
나는 것 같다. 결핍은 시의 문전옥토다. 당신이 와버리면,
당신이 전부일 나에게 시 따위가 무슨 소용이 있겠나.

강상치수 여해세 요단술
(江上値水 如海勢 聊短述)

爲人性僻耽佳句(위인성벽탐가구)

타고난 성벽이 아름다운 글귀를 탐하여

語不驚人死不休(어불경인사불휴)

말이 남을 놀라게 하지 않으면 죽어도 그만두지 않았네.

老去詩篇渾漫與(노거시편혼만여)

늙어감에 시 짓는 것을 모두 대충 하니

春來花鳥莫深愁(춘래화조막심수)

봄날의 꽃과 새에 있어서도 너무 걱정하지 않게 되었네.

新添水檻供垂釣(신첨수함공수조)

새로 물가 난간을 지어 낚시에 사용하고

故著浮槎替入舟(고착부사체입주)

일부러 뗏목 묶어 두고 놀잇배에 탄 셈이라 여기네.

焉得思如陶謝手(언득사여도사수)

어떻게 시상이 도연명 사영운 같은 사람을 얻어서

令渠述作與同遊(영거술작여동유)

그들로 하여금 시를 짓게 하고 함께 노닐 수 있을까?

두보(712~770)
중국 당대(唐代)의 시성(詩聖). 전란으로 얼룩진 시대를 몸소 겪으며 삶과
밀착된 정서를 노래했다. 대표작품으로는 〈춘망〉(春望), 〈추흥〉(秋興),
〈삼리삼별〉(三吏三別), 〈병거행〉(兵車行) 등이 있다.

이 율시의 한 줄 "語不驚人死不休"어불경인사불휴에는 글
쓰는 사람의 마음을 오래 흔드는 결의가 맺혀 있다. 안
그래도 삶은 시름겨운데 작시의 어려움이 시름을 더한
다. 시가 사람을 놀라게 하지 못하면 죽어서도 멈출 수
없다고 하니 그는 결코 말의 감옥에서 벗어나지 못할
것이다.

　모든 것이 저 '놀람' 때문이라고 해야겠다. 인생애환
에 깊이 몸을 빠뜨린 시가 제 시름을 등에 업고 일어설
때는, 어김없이 어떤 놀람의 순간이 있다. 그리고 그곳
에는 언제나 '솟아난 말'이 있다. 시름 가운데서 경이
를 찾는 것이 시인의 일 같다. 그는 솟아난 '모르는 말'
을 '아는 말'에 버무리고 벼리고 빚어 시라고 하는 이
상한 글을 짓는다. 도대체 실제적 효용이 들어 있기는
한 건가 의심받는 노동에 종사하는 시인은, 자신이 놀

고먹는 인간일까 봐 늘 두려워한다.

진이정은 어디선가 "시인이여, / 토씨 하나 / 찾아 천지를 돈다"(《시인》)고 썼다. 아마 놀고먹는 것만은 아닌 듯하다고, 그는 조심스럽게 말했던 것 같다.

인사
― 맹문재 씨에게

김규동

등불이 언제까지나 희미한 적 없어요
나도 당신과 같은 고통의 길 걸어왔지요
청춘은 알지 못할 위대한 길
두고두고 생명을 괴롭혀 왔습니다
생명은 너무 길었지요

시인이 왔습니다, 불운으로
그가 하늘과 구름 사이로 노래해 주었습니다
나는 시인을 따라 밤길을 걸었지요
보이는 것과 안 보이는 것은 하나의 길
그 고독이 나에겐 그리운 종소리였습니다

시인이여
안녕.

김규동(1925~2011)
1948년 〈예술조선〉 신춘문예로 등단했다. 시집으로 《나비
와 광장》, 《현대의 신화》, 《죽음 속의 영웅》, 《깨끗한 희망》,
《느릅나무에게》 등이 있다.

등불은 언젠가는 또렷해집니다. 불을 들고 가는 사람
은 찾고 있는 사람이니까요. 그 길은 고통의 길이었지
만 순결했던 청춘의 명령을 따라 걸은 위대한 길이기
도 했겠지요. 오래 오래 고단했겠지요.

그때 그 청춘의 날에, 불운으로 시가 찾아왔습니까.
그래서 당신은 시인이 되어 긴 밤을 외롭게 노래했습
니까. 길이 보여도 걸었고 안 보여도 걸었겠지요. 보이
는 길과 안 보이는 길 모두 길이니까요.

그 언제나 시인이라는 걸 내려놓을 수 있을까 탄식
도 했겠지만, 그것이 불운이었을 리 없지요. 그저 아득
한 그리움을 따라간 길, 통일이기도 해방이기도 했을
빛을 찾아 걸은 여정이었겠지요.

세속의 승려여. 고독의 사도여. 시인이여, 안녕.

▌나남시선

▌나남시선

▍나남시선

▌나남시선